COLLECTION SÉRIE NOIRE

Créée par Marcel Duhamel

Nouveautés du mois

2238. LA RUE DES MAUVAIS ANGES

(GERALD PETIEVICH)

Les damnés de la terre, ça existe !

2239. LE ROYAL-BOUGNAT

(JOSEPH BIALOT)

Flamber n'est pas jouer.

2240. A CLAQUER DES DENTS

(MARCIA MULLER)

Les coquines quenottes.

2241. NUIT APACHE

(PATRICK MOSCONI)

Touche pas à ma squaw.

JOSEPH BIALOT

Le Royal-bougnat

nrf

GALLIMARD

CHAPITRE I

— Rien ne va plus !

Tous les bruits de fond disparurent. Pietro Chiglione n'entendait plus que le glissement de la bille d'ivoire lancée vers une des alvéoles numérotées de la roulette.

— Le 17, noir, impair et manque !

Le râteau du croupier joua son rôle de râteau et ratissa les piles de jetons posées sur le tapis vert.

Perdu.

Pietro jouait le zéro, systématiquement.

Le casino grouillait de la foule des vacances et la salle de jeu tenait du métro aux heures d'affluence. Mais, ici, l'air sentait la crème solaire, la chaleur de l'été, la beauté des bronzés. Tous étaient là. Ceux qui rêvaient de faire sauter la banque et ceux qui ne pensaient qu'à perdre, les flambeurs et les masochistes du dimanche enfin autorisés à assouvir, socialement, leur perversion. Où se nicherait le plaisir sinon dans la fascination émise par le tas de jetons en chute libre vers le néant ? Tous jouaient. Personne ne s'amusait.

Pietro fit signe au changeur ambulant et tendit sa

dernière liasse de « Pascal ». En face de lui, également debout, une grande blonde, aux seins bien amarrés, le dévisageait.

La bille entama un nouveau tour de steeple-chase. Pietro jouait maintenant la finale « un ».

— 32 ! Rouge, pair et passe !

Pause.

A pleines mains, il ramassa ses jetons et fila vers le bar. Il fallait casser la poisse.

— Chivas.

Pietro avança vers la baie vitrée qui donnait sur la mer. Les feux, vert et rouge, du port de plaisance brillaient sur sa gauche. Par la fenêtre entrebâillée arrivait le murmure du ressac. La glace tintait dans son verre. Sans hâte, il lampa son alcool et revint au jeu.

En bon gambler, il fit ses comptes. Il lui restait 6 500 francs en jetons plus huit billets de cent, en vrac dans son portefeuille.

Un valet lui tendit du feu lorsqu'il se colla une cigarette dans la bouche. Il remercia d'un signe de tête et s'installa à une nouvelle table.

Cette fois, l'enjeu changeait de sens. Fini l'argent jeté sur le tapis. Désormais, à chaque jeton, il jouerait un morceau de sa liberté, voire de sa vie. S'il perdait...

La blonde, aussi, changeait de table. Il la regarda, indifférent. Tous les joueurs le savent, le désir ne vient qu'après la partie. Dur et violent, comme son enjeu ce soir. Il soupira. Oui, s'il perdait... il serait obligé d'accepter la proposition de l'autre. De plus, le Stéphanois n'attendrait pas vingt ans, lui non plus, pour être payé.

Pietro poussa sa mise vers le croupier et annonça.

— 17, carrés et chevaux, plus mille francs sur les douze du milieu.

Le râteau dispersa ses plaques.

La bille glissait, le cylindre tournait, le silence tombait soudain, îlot privilégié dans le brouhaha environnant.

— 17, noir, impair et manque.

Gagné. Il devint le centre du monde avec tous les yeux du monde braqués sur lui. Le râteau, devenu magique, reconstituait son corps disloqué et l'unifiait en une pyramide de jetons. La fumée des cigarettes grimpait dans le ronronnement du climatiseur.

Le gagnant jeta, comme pourboire, une plaque de 500 francs sur la table et reçut, en écho, la voix du croupier.

— Pour le personnel, merci !

Avec un sourire, la blonde contourna la table et vint se poser près de Pietro.

Dix heures. Il misait, perdait, gagnait.

A minuit vingt, il sortit ses derniers billets de cent francs et les changea.

Il dit : Grouchy ! Mais l'histoire ne bégaya pas, ce fut Blücher.

A minuit vingt-deux, la blonde s'éloignait.

*

Le cerveau liquéfié, le corps vide, comme après l'amour, Pietro restait collé à la table, incapable de faire un mouvement.

Il fuma une dernière cigarette et quitta le casino.

*

De sa chambre, à l'hôtel, il regardait la rue maintenant vide. Sa longue carcasse s'écroula sur le lit. Il s'empara du téléphone et composa un numéro.

On répondit à la seconde sonnerie.

— Oui ?

Pas de présentation, pas de préambule.

— C'est d'accord ? Quand ?

— Viens me voir, dès que tu seras rentré.

— Parfait, mais envoie-moi une avance pour les frais de route. Heureusement que, par précaution, j'ai réglé l'hôtel en arrivant.

— Je vois. Tu as encore perdu ?

Il haussa les épaules et resta muet.

La voix de l'autre insistait.

— Allô... Allô !

— Oui, je suis là.

— Je t'envoie deux mille francs. Ça te suffira pour les péages et l'essence, je suppose ?

Très lentement, il raccrocha.

CHAPITRE II

Vous me reconnaissez ? Non ? Et moi qui me croyais célèbre...

Je me présente : Didier Valois. Vous savez bien, l'acteur, 38 ans, natif de Gramat, dans le Lot. Le premier second rôle de l'émission télé : « Emportez-le avec vous ! » De surcroît chômeur, depuis que je me suis accroché avec le sponsor de la série. Il paraît que j'ai insulté ce tycoon en disant de lui : « Chez cet homme-là, rien n'est p'tit. »

Ouf ! Quel bonheur de retrouver Paris et l'ANPE.

Après mon licenciement, Loïck Schwartz, mon imprésario, m'avait trouvé un rôle dans une pièce sinistre de Strindberg. Je rentre donc d'une tournée en province où je me suis retrouvé largué à la suite d'une mésentente avec le directeur de la troupe et néanmoins metteur en scène.

Georges Altman, journaliste aujourd'hui oublié, affirmait que : « Le meilleur film est celui qu'un sourd peut voir, et la meilleure pièce, celle qu'un aveugle peut entendre. » Mais pour le génie qui menait le spectacle, seule la mise en scène comptait. Le texte ? Il s'en moquait. Vous avez dit « texte » ?

Le théâtre, pour lui, ce n'était que des jeux de lumière, des jets d'eau, des chœurs funèbres et des salles vides. Avec, en contrepartie, des éloges plein la presse ! Pas question de continuer avec ce ringard.

Bon, c'est Paris... La maison est là, glacée et vide, comme si elle attendait mon retour pour se réchauffer.

Près du téléphone, le voyant rouge du répondeur clignote. Messages... Bla-bla, copains. Marie, aussi. C'est moins banal mais elle attendra. Je n'aime pas que l'on me saute dessus au débotté. Ah... plus intéressant, un appel de Loïck. Trop long, comme d'habitude : « Mon cher Didier, et néanmoins ami, fais ta valise et rejoins-moi en Avignon. Jean-Paul Tiret s'est brisé une jambe pendant les répétitions. Tu reprends son rôle. Tu joueras Savonarole, dans *La terre est ronde.* »

Je suis fait pour jouer du Salacrou comme Lustiger pour danser la lambada. Pas question de repartir, Marie me manque. J'appelle Avignon et j'explique à Loïck, furieux, que je ne viendrai pas.

— Je rentre après-demain, me dit-il. Rendez-vous à cinq heures au Royal-bougnat.

Je l'aime bien, Loïck Schwartz, c'est un copain. Un curieux bonhomme, fils d'un juif pollack et d'une catholique bretonne, descendant à la fois de Brest et de Litovsk, moitié vodka, moitié muscadet et moitié n'importe quoi pourvu que ça flambe dans le gosier. Ça fait beaucoup de demi mais lorsqu'il a bu, il en vaut deux. Un bonhomme très fin sous une carcasse épaisse. De plus, avec Loïck, nous sommes presque voisins. Il habite rue de la

Convention, près du pont Mirabeau, à une portée de lapin de chez moi. Je le verrai à son retour.

En attendant, je fais le tour des copains de la maison. Philippe Barret, surnommé Neurone, n'est pas rentré. Il prépare sa colonie de vacances annuelle avec un tas d'enfants plutôt mal que bien aimés. Au fait… Vous connaissez des enfants bien aimés ? Ai-je précisé que Neurone est prof de lettres ?

Seule à la maison, Ophélie, la femme de sa vie, psy de métier, termine un rapport destiné à la DDASS. Ophélie me saute au cou. Dieu ! Quelle poitrine ! Pas possible, avec des seins pareils elle paye sûrement un excédent de bagages lorsqu'elle prend l'avion. Je recule, prudent. Cette grande fille adore Neurone mais entre en transe dès qu'elle s'approche d'un homme. Un cas, vraiment, mais je l'aime beaucoup.

Papotages, ragots. Elle m'offre le thé, en fille bien élevée dans une pension religieuse du côté de Villefranche en Beaujolais où son père est charcutier.

Au rez-de-chaussée, Manolo, le gardien, me tend le courrier. Paperasse habituelle, TELECOM, EDF, ainsi que six prospectus différents pour m'annoncer que je viens de gagner le gros lot. Le gros lot de quoi ? Je ne sais pas, mais je dois renvoyer un bon d'urgence, et attendre trois mois pour recevoir un autre bon. C'est pire qu'à la télé. On quitte le ciné avec Bogart plein la tête, Fred Astaire plein les jambes. On sort du théâtre avec les larmes du roi Lear ou la détresse de Shylock en bandoulière. On revient de la télé avec une boîte de biscuits, une voiture et une grosse de préservatifs pour les nuits de délire. Je précise, pour les lecteurs de « Libé », qu'une grosse ce n'est pas une question de taille mais de quantité. Depuis qu'à l'école les gamins ont des calculettes, ils ne savent plus qu'une grosse c'est douze douzaines. Et on gagne, tout ça, lorsqu'on a répondu à la question du jour : Qui était le père de Louis XIV ? Rien de changé depuis Rome, où c'était, déjà, du pain et des jeux.

Ah, une lettre de Marie, ma vieille et tendre amie, mariée, mal mariée (c'est un pléonasme) avec un avocat à la Cour.

Marie m'annonce qu'elle a des problèmes et précise qu'elle n'a pas pu me joindre au téléphone. Etant donné nos relations, je crois comprendre ce qui la tracasse : son époux. Je l'appelle aussitôt. Marie a beaucoup compté dans ma vie lorsque nous étions au Conservatoire. Mais la vie sépare... Vieille chanson, passons. Nous nous sommes retrouvés, il y a quatre mois, par hasard, et tout est reparti comme avant. Mieux même, si ce mot pouvait avoir un sens dans notre histoire. Elle prétend qu'elle m'aime. Moi, je la crois.

Cinq sonneries, dix. Personne. J'attends une demi-heure. Je rappelle de nouveau. Rien. Je passerai la voir demain.

Là-dessus, arrivée de Neurone. Toujours égal à lui-même avec son sourire chaleureux. Nous prenons rendez-vous pour l'apéritif au Royal-bougnat, notre cantine.

*

Le Royal-bougnat. Le dernier vrai bistrot de la capitale.

Je sais, des troquets vieillots il en reste encore

quelques-uns dans Paris, mais seulement en façade. A l'intérieur, c'est staff, lumière froide et tables de plastique imitation plastique. Même l'Auvergnat est faux, il vient de la Bastoche.

Ici, rien de tel. Un des rares endroits dans la ville où on éprouve le sentiment de ne pas vieillir. Le temps s'est arrêté là, séduit par les tables en noyer ciré, montées sur des pieds de fonte noire, le grand zinc à demi-courbe où on peut s'accouder, les images publicitaires sous verre, la réclame comme on disait alors, vantant des boissons devenues mythiques : Clacquesin, Kina, et le Byrrh, de Thuir dans les Pyrénées orientales. Rien n'a changé sous l'énorme lustre de fer forgé où brillent des ampoules chaudes et non des tubes glacés de lumière spectrale. Non, rien ne bouge au Royal-bougnat, meubles, menus, serveuses. La seule indication du temps qui passe se manifeste, par intermittence, par les prix qui grimpent.

Au comptoir, Fernand et Cécile, les patrons. Le grand-père de Cécile, fondateur de la dynastie, tenait un bistrot flanqué d'un hangar bourré de bûches, de ligots et de charbon. Un bougnat, un vrai, natif de Saint-Flour, comme il se doit. « Vins et Charbons », c'est encore inscrit à gauche de la vitrine. Sur le bandeau droit, on lit : « Plats du jour, Aligot, Fourme d'Ambert ». Curieusement l'enseigne s'étale en caractères majuscules : LE ROYAL-BOUGNAT.

Fernand me tend un verre de Cornas, mon vin préféré, pur Syrah, inconnu des snobs. Ophélie et Neurone dégustent un Bonnezeaux, blanc d'Anjou, tendre comme une jeune fille.

7 heures. Les clients du déjeuner, les cadres des

boîtes voisines, ont regagné leurs banlieues. Paris est à nous. Le bistrot se remplit. Uniquement des habitués, des gens du quartier, et je connais tout le monde. Près du comptoir, le transistor de Fernand débite, en sourdine, les infos du jour. A la une, les premiers départs en vacances, et les premiers embouteillages sous le tunnel de Fourvières, à Lyon.

On trinque autour de moi. Manolo, le gardien, et Coma, le flic. Personne ne connaît son vrai nom. On l'appelle Coma et il ne dit rien. Le surnom lui vient de ce qu'un jour il a collé une contredanse, pour non présentation de carte grise, à un motard étalé sur la chaussée. Il faut dire que le verbalisé luttait contre la mort et qu'il se moquait éperdument des papiers de sa moto. Les surnoms, aussi, se méritent.

Dans le groupe de fidèles figure aussi Kautski, un réfugié polonais, que Neurone a baptisé Le Renégat, en souvenir de Lénine. Plus deux ou trois autres silhouettes familières que l'on salue d'un signe de tête et à qui on ne parle que les jours d'événements.

De temps en temps, se joint à nous Jean-François, écrivain, auteur de la célèbre maxime : « Un écrivain c'est celui qui écrit, l'auteur, c'est celui qui signe. »

L'ennui, dans son cas, c'est qu'il ferait mieux de signer que d'écrire. Mais personne n'a jamais osé le lui dire.

J'allais oublier Cagna ! Mon copain, le vieux Cagna... Son âge ? Il n'en a pas. 75 ou 100 ans... Quelle importance ? C'est la mémoire du quartier, comme dit Fernand. Le bonhomme a fait tous les boulots, les petits et les grands ; il a même tenu un restaurant chinois de cuisine cascher, avant de trouver sa voie : soigneur au Vél. d'Hiv. Alors là, pardon, faut écouter Cagna, les jours de confidences, parler des jambes de Jeff Scherens, du coup de reins de Lucien Michard, ou du regard enjôleur de Guy Lapébie.

Voilà la bande du Royal-bougnat, avec, bien sûr, lorsqu'il est à Paris, Loïck Schwartz, mon imprésario bien aimé.

Bavardages. Il fait chaud. Deuxième tournée. Et... catastrophe ! Du transistor, branché sur France-Info, tombe un flash qui me glace : « Maître Frédéric Cheney, avocat à Paris, est mort. L'homme a été abattu, sur le palier de son appartement. Le, ou les, meurtriers ont réussi à prendre la fuite. La police lance un appel à témoins. »

Personne ne remarque ma pâleur. Frédéric Cheney est l'époux de Marie, ma compagne.

CHAPITRE III

Derrière la jeune femme, la porte de la prison se referma sans bruit.

Une mallette posée à ses pieds, Colette Chiglione s'adossa au mur et leva les yeux vers la crête de pierre. Elle le voyait enfin de l'extérieur, ce mur, enfin !

Depuis onze mois, elle attendait cet instant. Onze mois de préventive : « Détention nécessaire à la manifestation de la vérité », avait dit le juge.

Ça manifeste, la vérité ? C'est syndiqué, peut-être ? se demandait-elle. Onze mois d'absence de la vie, quarante-cinq semaines de vide derrière ces murs qu'elle n'oublierait jamais plus. Pas plus que ce magistrat planqué derrière ses dossiers, ses gendarmes, ses codes et son intime conviction.

Pas une preuve contre elle, rien. Mais il avait le pouvoir de la garder enfermée pour la fameuse manifestation de la vérité. Les hommes naissent libres et égaux en droits. Si, si, c'est vrai... mais pas tous à la fois, pas en même temps et pas au même endroit. Ce qu'il voulait, le juge, c'était Pietro, son mari.

Et il la gardait derrière les hauts murs, comme un être en conserve, un cornichon dans un bocal, dans l'espoir qu'elle craquerait vite, très vite. Tout y était passé, la menace, le chantage.

— Pensez à votre enfant, à votre petit garçon, madame.

Comme si elle n'y pensait pas, à chaque minute, à chaque heure, à son Roger.

— Dites-nous où se cache Chiglione et vous serez libre sur-le-champ.

— Je ne sais pas où il est. Même si je le savais je ne vous le dirais pas. Mais, en vérité, j'ignore où mon époux vit actuellement sa vie.

— Vous ne voulez pas répondre ? Soit, je suis patient, j'attendrai.

Elle aussi était patiente. Elle attendit onze mois et le juge la libéra.

*

La rue. Une rue de Paris, à huit heures du matin, en juillet, avec ses bruits oubliés, ses mouvements, ses odeurs. Pas le parfum moisi de la cellule, pas le silence enfermé qui bégayait entre les murs.

Colette Chiglione inspira une longue goulée d'air, la garda en elle quelques secondes comme la fumée inhalée de la première cigarette reprise après une maladie.

Le paquet de Gitanes jaillit du sac.

Elle restait là, sans bouger, la tête enveloppée de la fumée bleue qu'elle rejetait par les narines.

Le policier, en faction dans sa guérite, s'approcha.

— Alors, tu te décides ? Tu veux y retourner, peut-être ?

La bouffée de mépris ne passa pas ses lèvres. Pourquoi la tutoyait-il ? Quelle supériorité s'arrogeait-il, ce petit fonctionnaire du droit, de la loi et d'un ordre qu'elle n'avait jamais encore enfreint mais qu'elle haïssait maintenant ? Oui, c'est avec les prisonniers innocents que l'on fait les meilleurs révoltés. Avec les coupables aussi d'ailleurs. La loi dit : « Privation de liberté. » Elle n'a jamais prescrit de traiter les suspects et les condamnés en sous-hommes. Les lettres de cachet n'existent plus. En vérité ? Et le pouvoir du juge d'instruction, c'est quoi ?

Mallette en main, elle se dirigea vers le boulevard Saint-Jacques. Un taxi s'arrêta à sa hauteur. Souriante, elle fit non de la tête. Il fallait qu'elle marche, que ses jambes réapprennent les distances et oublient les 2,80 m de la cellule.

A Denfert, elle s'attabla à une terrasse et commanda un double chocolat avec des croissants.

Un homme passa, lui sourit. Elle se retourna, chercha le destinataire du sourire et ne vit personne. Ainsi, c'était pour elle ? Colette avança jusqu'au miroir qui courait dans la salle. Eh... oui, on pouvait encore lui sourire. Elle découvrait, redécouvrait plutôt, sa silhouette longiligne, sa trentaine blonde, le nez petit et droit, des yeux bleu presque marine étirés vers les tempes, deux joues bien rondes sur un menton à l'arête sèche.

— Bof ! Il y a des millions de femmes comme ça.

Mais le sourire de l'inconnu la réchauffait.

A la terrasse, lorsqu'elle revint, deux hommes

occupaient la table voisine. Le chocolat terminé, elle paya, se leva.

Sans hâte, elle se dirigeait vers la station de taxis, devant la gare du RER.

Une main saisit la poignée de sa mallette. Les deux hommes du café se tenaient derrière elle. Le plus petit lâcha la valise et l'empoigna par le coude.

— Qu'est-ce qui vous prend ? Ça ne va pas, non ?

— Du calme, ma p'tite dame. Du calme, on ne vous veut pas de mal.

— Vous êtes de la police ?

— Pas exactement, non. Nous voulons seulement vous parler.

— Eh bien, faites !

— Pas ici ; suivez-nous.

— Pas question.

— Nous voulons vous parler de Pietro... dans son intérêt.

De la tête, il désignait une R 21 qui décollait du trottoir.

— Montez.

Elle hésitait encore.

— Croyez-moi, vous ne risquez rien. Mon patron veut vous rencontrer, c'est tout.

S'il n'avait pas lâché son coude, elle ne serait certainement pas montée dans la voiture de son plein gré.

Un des hommes ouvrit la portière.

— Installez-vous devant. Ce n'est pas la place de quelqu'un qu'on enlève. Dans les polars, on met toujours le kidnappé à l'arrière, bien encadré.

Colette se dit qu'elle prenait la place du mort. Le conducteur dégageait un parfum qu'elle détesta.

La voiture s'engouffra dans le flot qui courait vers le sud de Paris.

*

A la Petite Folie, près d'Arpajon, ils quittèrent la nationale et s'enfoncèrent dans un dédale de chemins. Une villa entourée d'arbres barrait une impasse ombragée.

— Nous y sommes.

Un des hommes débarqua et lui tint la portière ouverte.

*

Dans le salon de la villa, le soleil coulait par de larges baies. Colette revit la fenêtre grillagée de sa cellule, les carreaux crasseux. Ici régnait la lumière et elle s'attendait presque à trouver le Mont-Blanc sur la ligne d'horizon.

Un homme l'attendait. La quarantaine. Une belle gueule, pensa-t-elle devant le visage bronzé, aux tempes bien garnies de touffes de cheveux clairs.

Il la salua d'un signe de tête et lui tendit un coffret de cigarettes.

Elle se sentait bien, soudain. Le fauteuil de cuir soutenait son dos, le soleil chauffait ses jambes. Des rayons d'acajou couraient sur deux murs et portaient des livres aux reliures fatiguées. Visiblement, ces bouquins là ne faisaient pas de figuration et avaient été lus.

— Pourquoi m'avez-vous enlevée ?

Il différa la réponse.

— Voulez-vous boire quelque chose ?

— Oui, du café.

Cinq minutes plus tard, ils dégustaient tous deux leur moka dans de minuscules tasses en Wedgwood bleu.

Sans impatience, elle attendait.

— Vous n'êtes pas ma prisonnière, madame Chiglione. Après cet entretien, mes amis vous ramèneront à Paris. Je ne pense pas que vous seriez venue de votre plein gré aujourd'hui et je suis pressé. N'oubliez pas que votre libération n'est que provisoire. Vous restez inculpée.

Colette ressentit la menace mais demeura impassible.

— Puis-je avoir encore un peu de café ?

Il s'inclina et lui servit une nouvelle tasse.

— Je m'appelle Joss Langlois et je représente les intérêts de la Wisconsin Ltd, compagnie américaine d'assurances. Vous volez les œuvres d'art, moi je les assure ; nous exerçons donc, vous et moi, des métiers complémentaires et devons nous entendre. Vous, Colette Chiglione, êtes inculpée de recel dans l'affaire Brenton. Je vous rappelle les faits. Il y a quinze mois, l'hôtel de Wallis Brenton, à Auteuil, est vidé de son contenu et disparaissent un groupe d'Henry Moore, « Le Clown » en fer forgé de Pablo Gargallo, deux Giacometti et un Picasso « La chèvre et l'enfant ». Le casse du siècle en matière de sculpture. Sans parler de deux tableaux de Turner, emportés par mégarde sans doute. Du café ?

De la tête, elle fit non.

— Ma compagnie va devoir débourser cinq millions de dollars. Voici mon offre. Vous restituez les statues et les tableaux ou, plus simplement, vous me dites où ils se cachent. En échange, nous retirons notre plainte. Vous n'écoperez donc que d'une condamnation symbolique. De plus, chose non négligeable, vous empocherez un million de dollars offert par la Wisconsin. Mrs. Brenton retrouve ses joujoux, ma compagnie économise quatre millions de billets verts, vous êtes libre et on tourne la page. Dans la négative, la Wisconsin paye mais vous, vous ne retrouverez votre fils que dans de longues années.

Il but une gorgée de café et fit une grimace.

— Il est tiède.

Tranquille, il la dévisageait.

— Vous êtes jeune. Il serait regrettable que vous vous faniez en prison. Je vous précise que le deal n'est pas négociable, c'est à prendre ou à laisser.

Colette vida sa tasse. Il avait raison. Le café était tiède.

— Je peux repartir ?

— Votre réponse ?

— J'ai appris en cellule que la patience n'était pas une qualité innée et qu'il fallait l'acquérir lentement. Patientez.

— D'accord, mais huit jours pas plus. Rappelez-vous... ma compagnie ne vous lâchera jamais.

Il lui tendit une carte de visite.

— Vous pouvez m'appeler à ce numéro de jour comme de nuit. Je vous raccompagne à la voiture.

CHAPITRE IV

Une fois encore, Marie Cheney répondait aux questions des policiers.

Elle faisait face à deux hommes massifs, courtois et sûrs d'eux. Ils interrogeaient à tour de rôle ; un numéro de music-hall bien réglé. Pas le duo classique du méchant et du bon mais une course de relais où chacun des protagonistes prenait le témoin à son tour.

— Bien sûr qu'il avait des ennemis. Vous connaissez un avocat qui n'en a pas ?

— Des noms ? Impossible. Nous avions des vies professionnelles très séparées.

— Quel est votre métier ?

— Comédienne. Avec tous les aléas que ça comporte dans la société d'aujourd'hui.

— J'aime beaucoup les actrices, elles couchent facilement.

— Vous avez les oreilles bouchées, inspecteur ? J'ai dit que j'étais comédienne, pas putain. Vous restez correct ou vous sortez, c'est clair ?

Son compagnon intervint. Il riait.

— Simple provocation, madame, il voulait vous

faire perdre votre sang-froid. Art. 3 du Manuel du parfait policier : mettre le témoin en colère. Vous travaillez où actuellement ?

— Je ne fais rien, j'attends. On attend beaucoup dans cette profession. A de rares exceptions près, on passe en alternance du spectacle à l'ANPE.

— Votre époux, maître Cheney, ne chômait pas, lui.

— Non, il ne chômait pas. C'est un délit ?

Un des flics portait une vareuse bleu foncé avec un col Mao parfaitement démodé. L'autre arborait une cravate club à rayures mauves et jaunes, à faire hurler même un punk retraité.

Vareuse-bleue consultait le calepin qu'il tenait en main.

— Que savez-vous de l'affaire Fabrette dont votre époux s'est occupé ?

— Que voulez-vous que j'en sache ?

— Nous avons perquisitionné dans le bureau de votre mari, en présence d'un membre du Conseil de l'Ordre, bien entendu, et avons emporté certains dossiers.

— Finissons-en, dit Marie en se levant. Qu'attendez-vous de moi ?

— Disons une coopération. On vous tue votre époux. Apparemment vous n'y êtes pour rien. Vous étiez à Fontainebleau au moment du meurtre, chez votre amie d'enfance, Léa Mancini.

Marie eut un regard étonné.

— Vous savez ça ? Déjà ?

— Simple routine. Evidemment, c'est toujours le conjoint survivant le premier suspect. Les flics aussi sont mariés, vous savez. Mais ne perdons pas de temps. Parlez-nous du rôle de Frédéric Cheney dans l'affaire Fabrette ?

— Il ne racontait que très rarement ses dossiers mais il riait comme un gosse lorsqu'il débitait cette histoire. Fabrette est un industriel, une grosse boîte de banlieue, vous savez bien Fabrette & Chomel, mécanique de précision. Frédéric venait d'ouvrir son cabinet et végétait gentiment comme beaucoup de jeunes avocats. Un matin, Fabrette débarque chez lui, envoyé par un oncle de Frédé. C'est un mauvais, Fabrette, un patron à l'ancienne, un homme qui ne confond jamais un organigramme et un arbre généalogique. Priorité à l'héritage, voilà son éthique. Il avait une grève dure sur les bras et l'usine paralysée. Et ça, Fabrette ne le supportait pas. Chez lui, le problème est simple et la solution écrite s'affiche, sur un mur, dans le hall de son entreprise. « Si vous n'êtes pas d'accord, écrivez à la direction. Mais au préalable, démissionnez ! » Donc le bonhomme vient demander conseil à Frédéric. Le lendemain, miracle, le travail reprend.

— Que s'est-il passé ?

— Frédéric est descendu rue Saint-Denis. Avec les deniers de Fabrette, il a payé une dizaine de filles et les a convoyées à l'usine « pour distraire les gars », a-t-il dit. Puis il a téléphoné aux femmes des grévistes pour leur parler des activités de leurs époux respectifs. Je vous laisse deviner ce qui s'est passé lorsque les épouses légitimes ont débarqué sur les lieux du crime. Mais pourquoi ressortez-vous cette histoire ?

— Parce que Fabrette est mort la semaine dernière d'une balle dans la nuque et qu'aujourd'hui c'est Cheney, pardon, maître Cheney, qui disparaît à son tour.

— C'est probablement une coïncidence.

— Peut-être. L'arme n'est pas la même dans les deux meurtres. Les calibres sont différents. En attendant, nous, les flics, on vérifie. On n'est pas des génies, on est des patients. On recoupe, on aligne, on fait du puzzle et, parfois, ça colle. Dites-moi, chère madame, entre maître Cheney et vous, ça collait ?

— Ça vous regarde ?

Cravate-club sourit :

— On a ça de commun avec les psychanalystes, oui, ça nous regarde.

— Eh bien, regardez vite et maintenant sortez. Ça suffit.

Vareuse-bleue se leva le premier.

— Soyez tranquille, nous regarderons. Si quelque chose vous revenait en mémoire, appelez-moi à la P.J. et demandez le commissaire Dubois, oui Dubois, comme le cardinal.

Il la salua d'un geste de la main.

— Au revoir, chère madame, nous nous reverrons.

*

Marie m'a appelé d'une cabine et m'a donné rendez-vous au Forum des Halles. Endroit idéal pour passer inaperçu malgré les flics qui pullulent dans le coin.

Nous nous retrouvons près de la Vidéothèque. Marie, en larmes, s'écroule contre moi. Avec le nombre de gens qui pleurent aujourd'hui un boulot perdu, un compagnon enfui ou la perte de leurs illusions, personne ne la remarque.

Retour à la surface. Marie accrochée à mon bras, je traverse l'horreur du siècle, les jardins de béton, le Taj Mahal de la Vᵉ République, et me dirige vers le Marais. J'y connais deux ou trois bistrots tranquilles l'après-midi. Nous pourrons parler sans témoin.

Marie raconte mais ne m'apprend rien que je ne sache déjà. Les radios bourdonnent. La mort de Frédéric c'est l'événement de ce mois de juillet. Fini Tien Anmen et ses rouges qui riaient jaune à force de broyer du noir, adieu Fourvières et ses émeutes, terminé les pinèdes en feu, c'est l'assassinat de maître Cheney qui fait la une de tous les médias.

— J'ai peur, murmure Marie, très peur.

— De quoi ?

— Des flics d'abord, du tueur ensuite.

— Mais pourquoi ? Que crains-tu, toi, en particulier ?

— La police fouine partout et ne va pas tarder à découvrir que nous étions séparés, Frédéric et moi. Attends qu'ils aient mis la main sur ses parents. Frédéric les avait avertis de ma demande de divorce. Quant au tueur... Je ne comprends pas pourquoi Frédé est mort. Il n'avait pas de liaison suivie, juste un carnet d'adresses pour une nuit ou un week-end. Tout ce qu'il voulait c'était continuer avec moi. Il tenait trop à la petite, à Carole, pour accepter un divorce tranquille. Je lui ai proposé de garder l'enfant en alternance pour qu'elle ne souffre pas. Lui ne voulait pas que Carole fût tiraillée entre nous.

— Où est-elle ?

— Chez Laurence, ma mère.

— Comment vois-tu les choses ? Qui... en dehors de toi et de moi, avait intérêt à sa mort ?

Elle réagit durement.

— Tu déraillles, Didier. Je n'aimais plus Frédéric, mais de là à souhaiter sa mort...

— Je ne la souhaitais pas non plus. S'il fallait tuer tous les maris surnuméraires, on fermerait les mairies. Il n'empêche qu'il est mort. Deux balles de 11.43 dans le cœur et une à la racine du nez ça fait beaucoup pour un seul homme. Que disent les flics ?

— Muets. Ils m'ont interrogé sur l'affaire Fabrette que tu connais.

— Quel rapport ?

— Le vieux meurt. Frédéric le suit de quelques jours. Les deux hommes sont liés et disparaissent de mort violente. Ça intrigue, forcément.

— Ils me connaissent ?

— Heureusement pas, mais ils tâtonnent, fouinent dans sa vie privée, dans la mienne bien sûr, examinent ses dossiers. Il n'avait pas des méthodes très orthodoxes, mon cher époux, bien qu'il aimât défendre la veuve et l'orphelin, mais à condition que la veuve fût la meurtrière et l'orphelin son complice. Il adorait les coups tordus pour régler une affaire. « Quand tu arrives à la plaidoirie, ton histoire est foutue, disait-il. C'est entre quatre yeux qu'une affaire se gagne. »

— Tu connaissais ses clients ?

— Aucun. Il lui arrivait de me raconter un dossier mais sans me donner de noms. Avec une exception pourtant : Fabrette. Je dois avouer qu'il était malin, Frédéric, très malin. Encore qu'il fréquentât parfois des gens dangereux.

— De quel genre ?

— A la limite du légal, c'est tout ce que je sais.

— 11.43, c'est un calibre de truand. Elle ressemble à une exécution, la mort de Frédéric.

— Assez ! Assez ! Oui, le 11.43 est une arme de truand, le 49.3 un pistolet de ministre et la 22 long rifle une carabine pour safari du pauvre, dans les HLM. Arrête, Didier, je n'en peux plus. Tué avec un 11.43 ou avec une boule de gomme, c'est pareil. Frédéric est mort et je suis en première ligne sur la liste des suspects.

Marie me regarde fixement.

— Détruis la lettre que je t'ai envoyée. Tu étais intouchable au téléphone. Avec ces flics vicieux, ça ne peut qu'aggraver la situation. Autre chose, la veille de sa mort Frédé est passé à la maison. Il n'y dormait plus mais, bien sûr, en possédait les clés.

Elle reprit son souffle.

— Il vivait entre un petit hôtel du Trocadéro et l'appartement de ses parents à Créteil. Il avait dû oublier quelque chose pour être repassé à la maison le jour de sa mort. Donc, il arrive, un porte-documents à la main. Il avait bu, mon cher époux. Frédéric prend du linge dans son armoire et me regarde, hilare. Puis il balance son porte-documents sur la pile de chemises et me dévisage longuement, très longuement. Sans savoir pourquoi, j'ai eu peur.

— Tu vois, Marie, les Russes ont vaincu Napoléon avec la neige, la glace et le froid. Moi, oui moi, Frédéric Cheney je vaincrai parce que je suis le plus fort. Je vaincrai parce que j'ai ça...

Du poing, il cogne sur la mallette et éclate du rire des gens imbibés, à la limite de l'ivresse.

— Tu ne m'intéresses pas, crie-t-il, mais Carole c'est autre chose, et comme elle a besoin de toi, tu vas rester à la maison, avec moi, de gré ou de force. Ou tu acceptes de maintenir la famille, même en façade, comme la plupart des couples, ou je te briserai.

Puis il est sorti en riant, son linge sous le bras et le porte-documents au bout des doigts. J'ai cru qu'il perdait vraiment les pédales. Je suis partie pour Fontainebleau, chez Léa, et le lendemain j'ai appris, par la radio, la mort de Frédéric.

— Qu'est devenu le porte-documents ?

— Je ne sais pas.

— As-tu une idée de son contenu ? Je sais bien que tu n'as pas vu l'intérieur, mais un mot, une allusion peuvent t'avoir frappée. Essaie de te souvenir.

Elle hoche négativement la tête et se lève.

*

Rue de Rivoli.

Marie, silencieuse, se fait plus lourde à mon bras. Elle me regarde de son œil gris moucheté des reflets plus sombres que je lui connais dans les moments de désir. Son sourire s'étale sur le visage rond avec ce nez un peu trop long qui brise l'harmonie de la face mais lui donne ce cachet unique. Sa main serre mon coude dans un geste d'appel. Je fais semblant de ne pas comprendre. Je n'ai pas envie de faire l'amour avec un cadavre près du lit.

Nous nous enfonçons dans les ruelles derrière Saint Paul. Marie me quitte à l'entrée du métro.

*

Les hommes de Langlois laissèrent Colette avenue du Maine.

Par la rue des Plantes, elle rejoignit l'impasse du Moulin-Vert, une ruelle sans issue où quelques couples de Parisiens logent dans de minuscules maisons individuelles protégées par des murs. Une venelle de campagne en plein cœur de Paris.

Colette ouvrit les volets, les fenêtres et laissa la porte entrebâillée derrière elle. Plus question de verrous, ou de cadenas. Rien n'avait changé et seules la couche de poussière, les toiles d'araignées et l'odeur de renfermé indiquaient la longue vacance des lieux. Elle entama une traversée en diagonale du minuscule jardin. Plus de cellule, pas de grille, et le ciel au-dessus de la tête.

La jeune femme inspira une longue goulée d'air. Bizarre, il n'avait pas le même goût qu'en prison. Elle respirait, déglutissait, dégustait l'air libre.

Elle vida la boîte aux lettres pleine à craquer. Sous le cerisier planté par Pietro son corps s'affaissa, se détendit. Un rire silencieux la traversa en pensant à Pietro lorsqu'il se vantait de ramasser des cerises en plein Paris. Allongée sur la terre, au milieu de l'herbe hirsute, elle ressentit, enfin, la pleine sensation de la liberté retrouvée.

*

Retour au pavillon. Elle essaya les interrupteurs, souleva le combiné du téléphone. Rien ne marchait. Première chose à faire, passer à l'EDF et à la Poste.

Toujours placide, elle cherchait des yeux la source de ses ennuis : la statue du Gargallo. Place nette, la sculpture était sous séquestre chez les flics. La clé du problème se situait là. Qui avait envoyé la police chez elle ? Qui savait que Pietro Chiglione était un truand et qu'il ne vivait que de casses de musées, de pillages d'églises ou de collections privées ? Même elle l'ignorait jusqu'à cette histoire.

Ils s'étaient connus à l'Ecole du Louvre. Pas de coup de foudre mais une amitié solide qui avait dégénéré en autre chose. Résultat ? Roger, leur fils.

Pas d'eau chaude dans la salle de bains. Colette prit une longue douche froide et enfila un jean et un tee-shirt. Elle largua sa mallette de prisonnière sur un coin de carrelage et s'empara d'une valise où elle entassa des vêtements propres.

D'une cabine, elle appela Honfleur où résidait sa mère.

*

Le garage maintenant. Le contremaître l'accueillit avec un sourire.

— Heureux de vous revoir, madame. Vous venez prendre votre voiture ?

— Oui, si elle marche.

Le sourire de l'autre s'élargit.

— Elle marche, j'ai fait le nécessaire. J'espérais bien qu'ils vous lâcheraient plus tôt.

Spontanément, elle l'embrassa sur les deux joues. Elle savait qu'elle lui plaisait, et elle aimait ça.

Le plein fait, elle s'engagea sur l'autoroute du Sud. Curieux chemin pour aller en Normandie, se dit-elle, mais j'ai besoin de rouler pour dépister plus aisément d'éventuels curieux de la Wisconsin et Poulagat Associated.

Après Melun, elle quitta la bande de béton et se dirigea vers la forêt. La voiture roulait presque au pas lorsqu'elle passa Barbizon.

Apparemment, personne ne la suivait.

Elle eut un sourire ému en passant devant un hôtel de campagne où Pietro et elle... Ah, ces amants italiens ! Le premier jour, ils vous descendraient la lune. Ensuite... ensuite, ils sont comme tous les hommes, ils ne vous offriraient même pas un verre d'eau. Elle sentit un spasme douloureux s'étaler dans son corps. Onze mois d'abstinence. Pietro ! Dents serrées, elle relança la voiture. Ce coin de forêt n'avait pas de secret pour elle. Si quelqu'un la suivait, il allait s'amuser.

Au-dessus d'elle, seuls des nuages se promenaient. Pas d'hélicoptère en vue. Colette accéléra mais resta très en dessous des vitesses autorisées. Pas question de se faire repérer par les gendarmes.

Elle obliqua franchement vers le nord et, par des routes secondaires, mit le cap sur Honfleur.

*

Perchée sur une hauteur, la maison familiale dominait l'estuaire de la Seine. En contrebas, le fleuve se traînait, épais, large et repu, dans la lumière de nacre que prend le ciel normand lorsqu'il est de bonne humeur.

Sa mère l'attendait, immuable. Il lui semblait qu'elle l'avait toujours connue ainsi. Vêtue d'un caraco gris avec, toujours, un objet à la main ; parfois un pot, parfois une casserole ou bien encore un lapin écorché prêt pour la marmite.

Les deux femmes s'étreignirent et restèrent face à face, muettes toutes deux. Colette décolla des bras de sa mère.

— Tu vas bien ?

La vieille femme fit oui de la tête. Ses yeux brillaient.

— Où est Roger ?

— Pas loin, chez un copain. Il va bien, lui aussi. Rassure-toi, tu vas retrouver un grand garçon.

Colette inspecta la maison et reprit possession des lieux. Elle fermait les yeux, palpait un objet familier et ses mains se souvenaient, s'imprégnaient du contour d'un vase ou des lignes lisses d'une lampe.

— As-tu déjeuné ? Veux-tu manger quelque chose ?

— As-tu des pommes ?

La vieille sourit, s'éloigna et revint avec une jatte pleine de petites pommes vertes et rouges. Colette s'empara d'un fruit et mordit dans la chair acidulée.

— As-tu vu Pietro ?

— Seulement le jour où il m'a laissé le gamin. Il est reparti aussitôt avec ma voiture. Ça fait onze mois.

— Il ne t'a rien dit pour moi ? Pas laissé un message ?

— Non, il a simplement dit qu'il reviendrait.

Bien entendu, la mère savait tout de sa détention, mais elle ne posa pas de questions. Si Colette jugeait bon de lui dire... eh ben, elle lui dirait, cré vingt dieux ! Dans le cas contraire...

L'enfant arriva. Il avait sept ans, un visage rond bruni par le grand air, les cheveux bouclés de son père et un regard marron qui vous enveloppait et n'oubliait rien dans son examen. Il s'arrêta devant Colette, resta silencieux pendant de longues secondes et plongea sur elle dans une escalade infantile et sauvage.

Au diable, la prison. Elle se rendit compte qu'elle n'avait pas la moindre intention d'y retourner ; plus maintenant. Pietro détenait la clé du problème ; eh bien, elle retrouverait Pietro, voilà tout.

Ils dormirent dans le même lit et Colette s'assoupit avec la tête de l'enfant posée au creux de l'épaule.

*

Le café sentait le café et le beurre avait le goût et la consistance du beurre.

Après le petit déjeuner, Roger l'entraîna dans une longue marche dans la campagne normande.

— Dis, maman, tu ne vas pas repartir ?

— Non, mon chéri, je vais rester ici.

— Pour toujours ? Avec moi ?

Elle sourit.

— Ça te plairait ?

L'enfant se blottit contre elle.

— Avec toi et papa.

— Il ne t'a rien dit ?

— Seulement qu'il partait chercher des sous. C'est tout.

Lorsqu'ils revinrent à la maison, la mère n'était plus seule.

Assis derrière la table, les coudes posés sur le plateau, le menton calé sur ses mains jointes, elle contemplait, sans bouger, le pistolet braqué sur elle par un grand gaillard qui émergeait d'une tenue de motard faite d'un cuir noir et brillant.

Colette se dit qu'il avait une tête de portrait-robot.

Du canon de son arme, il fit signe aux promeneurs.

— Posez-vous là. Toi aussi, le petit. On ne bouge pas et on m'écoute. Surtout, on ne bouge pas !

Son visage, très brun, présentait une longue balafre dessinée de la tempe droite jusqu'au milieu de la joue. Yeux gris, cheveux rares, la quarantaine bien sonnée, se dit Colette.

— Qui êtes-vous ? Que voulez-vous ?

— Je veux Pietro. Je m'appelle Paul, Paulo le Stéphanois, ça ne te dit rien ?

— Je ne sais pas où est Pietro. Moi-même je le cherche. Je n'ai jamais entendu parler de vous, ni par mon mari, ni par qui que ce soit. Rangez votre artillerie, vous ne risquez rien ici.

L'arme ne dévia pas de sa cible : le front de la vieille dame.

— Ah, tu ne me connais pas ? Et pourtant, tu devrais me remercier de tes onze mois de vacances.

Elle leva un sourcil interrogateur.

— Nous étions deux dans le casse Brenton. Pietro et moi. Une belle affaire, du bon boulot. On casse, on emporte, on planque. Là-dessus, Pietro m'offre de racheter « Le Clown » pour te l'offrir.

Le motard s'approcha de Colette, passa le canon du pistolet sur le sommet de sa tête, défit les cheveux.

— C'est qu'il y tient à sa bonne femme, ce salaud. L'est pas rital pour rien. La famille, qu'il disait, la famille...

L'arme cessa son va-et-vient dans la chevelure de Colette. Paul empoigna une mèche et ramena la tête de la jeune femme en arrière.

— Oui, « Le Clown », c'était pour toi. Comme un plouc, j'ai accepté. Et à crédit encore, puisque la camelote n'était pas fourguée. A crédit !

De la main, il rabattit la tête de Colette vers la table jusqu'à ce que le visage touche le plateau.

— Il t'en fait cadeau et disparaît. J'attends un jour, une semaine et je retourne à la planque, une villa qui lui appartenait, paraît-il. Rien, le vide. Il avait tout emporté. Alors j'ai vu rouge et je me suis dit qu'il n'y avait qu'une méthode pour l'obliger à se montrer : lâcher les flics sur sa sacro-sainte famille, toi. Un simple coup de fil et la maison Perdreaux et Cie t'a hébergée gratuitement pendant presque un an. Pour les flics, « Le Clown » valait mieux que tous les discours.

La main de Paul s'ouvrit. L'homme recula mais l'arme ne quittait pas le groupe.

Colette se redressa, se frictionna le visage.

— Voilà le marché. Tu retrouves Pietro, il me paye ma part et je vous oublie tous. Ton homme ne vivra pas vieux s'il cherche à me doubler encore une fois. De plus, précise-lui que s'il tarde trop je m'occuperai de ton fils d'abord puis de ta mère et de toi. Tu as quatre jours. Pas quatre et demi ni cinq. Quatre jours.

Sa haute silhouette se cassa en deux lorsqu'il s'inclina pour saluer la vieille.

— Mes hommages, madame.

Le pistolet pivota et se rapprocha lentement du front de Colette. Elle frissonna lorsque l'acier toucha sa peau.

— Quatre jours... N'oublie pas.

A reculons, il marcha vers la porte.

— Vous restez tous à table pendant cinq minutes, sans bouger.

Paul s'empara du vase qu'elle avait palpé à son arrivée et le balança sur l'angle de la cheminée. Des éclats d'albâtre giclèrent à travers la pièce.

Immobiles, ils entendirent décroître le bruit de son pas. Un moteur de moto poussa son cri de guerre.

*

Comment peut-on vivre avec un homme pendant des années et ne rien savoir de lui ? Huit années de vie commune pour découvrir que Pietro n'était qu'un étranger.

Pour elle, il restait sans famille, fils unique de parents décédés depuis longtemps. Sculpteur, disait-il, je suis sculpteur. Jamais, elle n'avait vu son atelier ni une seule de ses œuvres.

— Je ne vends pas, je restaure des statues pour les musées ou de riches particuliers.

Naïve, elle avait accepté. Elle ne lui connaissait que de rares relations entr'aperçues, le temps d'un repas, dans un restaurant de Montparnasse où il avait ses aises, « Chez Bob ». Et c'étaient ses amis, à elle, qui formaient leur entourage coutumier.

— Et ça m'a suffi pendant huit ans... Le lit comme

communication, l'argent facile comme poésie, l'adoration devant le gamin comme vie de famille et la tendresse sous forme de cadeaux. Huit ans...

Sans rien dire, sa mère la regardait. Elle se souvint de ses avertissements.

— Ce n'est pas un garçon qui te fera la vie facile, disait-elle, réfléchis.

Mais l'amour c'était comme la biologie soviétique, au temps de Lyssenko, lorsqu'au royaume des aveugles les borgnes devenaient sourds.

— J'aurais dû m'offrir des lunettes et un Sonotone, se dit-elle.

La vieille dame se leva, se couvrit d'un châle.

— Où vas-tu ?

— Mettre Roger à l'abri pardi. Je n'aime pas ce beau monsieur. Il me fait peur, et moi quand j'ai peur, je me défends, cré vingt dieux ! Viens, Roger.

— Je t'accompagne. Où va-t-on ?

— Chez des amis. Prends la voiture, je te guiderai.

Colette installa sa mère et l'enfant sur le siège arrière.

La Peugeot s'enfonça dans le bocage.

CHAPITRE V

J'ai rendez-vous avec Loïck de retour à Paris.

Je pousse la porte du Royal-bougnat, accueilli par Fernand d'un chaleureux : « Salut, l'artiste ! »

C'est l'heure creuse. Léna, la femme de ménage portugaise, passe un balai nonchalant. Neurone qui déteste le langage des technocrates l'a baptisée U.M.N. Paraît que c'est ainsi que l'administration énarchique appellera demain les femmes et les hommes chargés du ménage, Unité Mobile de Nettoyage.

Un seul client, Loïck Schwartz, assis à une table au fond de la salle.

Fernand nous sert, le ventre en avant.

— T'as besoin de maigrir, dit Loïck.

L'autre rigole.

— La graisse fait partie du patrimoine, ami. Mais c'est un mauvais placement... Si tu savais ce que mon ventre m'a coûté et si tu savais ce qu'il vaut aujourd'hui, tu ne me conseillerais pas de le perdre. Ça me démoralise.

On peut être de Saint-Flour et avoir des intonations de Pagnol, et Fernand, retourne à son comptoir où il se replonge dans une pile de factures.

— Excuse-moi, Didier, de te recevoir au bistrot, mais la maison est en travaux.

— J'aurais dû m'en douter.

Margot, la femme de Loïck, traîne un vieux complexe. Elle voulait faire architecture et s'est retrouvée informaticienne. Et, périodiquement, ça ressort : elle refait son appartement qui sert également de bureaux à Loïck. D'où la vie vagabonde de mon imprésario entre son logis, le Royal-bougnat, et les problèmes existentiels que cela entraîne. Un jour, il dort dans sa baignoire et rêve dans le salon. Le mois suivant, il travaille dans la cuisine. Parfois, pour ne pas manger dans les chiottes, il file au restaurant. L'enfer.

Nous parlons boutique et Loïck me propose un rôle passif dans un film érotique en préparation intitulé : « Du mou dans la corde à nœuds. » Je refuse, bien entendu. J'ai tourné de sacrés navets pour gagner ma vie, j'ai joué du Jean de Létraz, j'ai crié « Son nom de Venise dans Calcutta désert », j'y ai même prêché, me semble-t-il, j'ai fait dans la télé, mais penser porno quand on rêve de jouer *Jules César* et de donner des répliques qui font vibrer une salle : « Mais Brutus dit qu'il fut ambitieux ; et Brutus est un homme honorable. » Non !

Loïck soupire.

— Tu as une sale tête, Didier, ça ne va pas ?

Je n'ai pas envie de raconter ma vie.

— Si, si, tout va bien. Juste un peu de fatigue.

Son œil vif me déshabille.

— Toi, tu as des chagrins d'amour. En attendant tu vas te remettre au boulot.

D'un maroquin noir, il sort un dossier, le feuillette.

— Tiens, voilà une panne qui va te plaire : animer une soirée organisée par le Charité-bizness. Tu n'auras qu'à présenter des ringards de la politique, quelques branchés shootés et des soutiers de la chanson. Après « Visa pour le Liban », « Un épi pour l'Ethiopie », ils organisent « Un vélo pour la Chine ». C'est pour aider ceux de Tien Anmen. Un biclo par Chinois et la démocratie s'installe en Orient, qu'ils disent.

— Un milliard de vélos ? Mais ils n'y arriveront jamais.

— Aucune importance. Au pire, ils n'enverront que des selles, des sonnettes ou des pédales. L'essentiel est qu'on parle d'eux. Trois mille francs pour la soirée, ça te dépannera en attendant mieux.

Je n'ai pas le choix, j'accepte.

Loïck termine de me donner les coordonnées de l'organisateur. Il remballe ses dossiers, se lève et me tape sur l'épaule. Geste amical plutôt rare chez lui.

— N'hésite pas à m'appeler si tu as besoin de moi.

C'est vrai qu'on s'entend bien et je crois même qu'il a de l'affection pour moi. Comme tout imprésario, pourcentage oblige, il aime son prochain comme lui-même. Dommage qu'il soit un peu maso.

Derrière son comptoir, Fernand chante. Ça le prend parfois, lorsque la salle est vide ou quand les clients sont des copains. Léna, l'U.M.N., arrête son balai et écoute, étonnée, les paroles de Bruant :

Ça prouve que quand on est catin
Faut s'établir chaussée d'Antin
Au lieu d' se faire une clientèle

A Grenelle,
A Gre-nai-ai-leu !

Je salue le chanteur et me dirige vers la porte. Fernand me rappelle.

— Oh, Didier, j'oubliais. Cagna te demande.

*

J'émerge. Il fait doux. Je cherche le vieux et j'entreprends la tournée des copains. A chacun son bistrot. Je m'enfonce dans mon labyrinthe familier du côté des abattoirs. Plus d'abattoirs à Vaugirard. La poussée du corn-flakes, les Panzers et la disparition des Indiens dans le Far-West, ont tué la viande de cheval.

A la place des abattoirs, un jardin, un parc selon la mairie, toujours mégalo. Hommage à Georges Brassens, il porte son nom. Une accumulation de béton, de faux ou de vrais Baltard, plus quelques sculptures de bêtes récupérées dans l'ancien Trocadéro.

Un verre chez Walczak ; le vieux champion a raccroché les gants depuis belle lurette mais se souvient toujours du premier « p'tit gars » qu'il a mis K.O.

Je traverse le parc et me retrouve près du bassin et de sa tour. D'accord, ce n'est pas le campanile de Saint-Marc, mais, à Venise, ils n'ont pas Cagna.

Le bonhomme semble m'attendre. Je l'aime beaucoup, Cagna. Ses yeux reflètent toutes les violences que nous n'avons pas encore connues, les maladies que nous n'avons pas encore eues, les deuils et le futur que nous devrons subir. C'est ça les vieux, un miroir pour demain.

Pour entretenir sa mémoire, Cagna apprend des poèmes et m'accueille toujours avec des vers de Rimbaud ou de Baudelaire.

— Tu comprends, ma tête devient une passoire alors je joue à « Gym-cerveau ».

Et il me récite en vrac les résultats du tiercé, des immatriculations de voitures, le dernier tirage du Loto.

Faut aussi l'entendre raconter le quartier.

— Tu comprends, mec, c'est surtout les soirs d'automne que tout revient. Côté Brancion, c'était le marché aux chevaux. Le jeudi, y'avait pas école et j'y venais avec mon grand-père. Les bourins étaient là, entravés, avec, dans le regard, la petite lueur qu'ont toutes les bêtes lorsqu'elles savent qu'elles vont claquer. Ils ont ça aussi en commun avec les hommes, les chevaux. Je l'ai vu à la guerre. Les mecs aussi ont les mêmes yeux à ce moment-là. Et tu vois, moi, de la bidoche j'en ai jamais bouffé. Et y'a pire. Lorsque la brume efface les maisons, lorsque des lampadaires tu ne vois plus que le halo, lorsque la chaussée brille, quand il se fait tard et que les bagnoles se sont tirées, tu entends d'abord un tout petit bruit de fond. Loin. Puis, ça grandit, mais ça forme juste une seule ligne mélodique comme un saxo qui pleurerait en sourdine toujours sur la même note. Ça se rapproche, les sons se diversifient. C'est toujours dans les graves, et tu repères le bruit d'un sabot sur le pavé. A l'époque, c'étaient des pavetons, mec. Y'a toujours le dépôt de caillasse, rue Clos-Feuquières. Heureusement pour les flics, qu'en 68, les fils à papa qui faisaient une révolution pour rire ne savaient pas ça. Passe-moi une pipe.

Je lui tends mes Gitanes et lui offre du feu.

Le vieux reprend :

— Ouais... les rues aussi ont de la mémoire... Et le claquement des fers grandit, enveloppe les maisons, forme un trémolo dansant qui engloutit peu à peu le quartier avec, parfois, un hennissement qui étouffe le son monotone du pas des chevaux. D'un coup, tu les vois sortir de la nuit, les bourins. Ils marchent en troupeau, encadrés par les hommes indifférents à leur mort prochaine. Tu vois l'ombre des bêtes se refléter sur la brume, les corps fument comme des chaudières de chair et l'haleine des cavales qui s'élève dessine une dentelle de vapeur sur un macramé de brouillard. Des percherons, déguisés en Pacific 231, ferment la marche. Les pavés sonnent, le fouet des crinières s'étire en arrière des cous, l'odeur des corps se répand dans l'air. Quelle danse ! Magnifique et macabre. Et encore, ici ce n'est rien, ce ne sont que des bêtes. Oui, les rues ont de la mémoire, mec, y'a des fantômes plein le bitume, dans toutes les rues de Paris. Va voir à Nélaton, là où était le Vél. d'Hiv. J' l'ai vu la rafle de 42. J'ai vu. Et là, horreur, c'étaient les mômes, les poussins qui avaient la petite lueur dans le regard. Putain ! Fait soif, offre-moi une chopine.

On s'installe au troquet. Le vieux me regarde, muet.

— Paraît que tu me cherches ?

— Ouais. L'autre jour, avec un pote, on prenait un pichet au « National », près de la maison où un bavard, un avocat, s'est fait dessouder, et je m' demandais si...

Il s'interrompt.

— ... Si quoi ?

— Non, rien, c'est sans intérêt et puis j'aime pas les poulets, c'est tous des brêles.

J'insiste. Le vieux sirote son beaujolais et se tait. Je le connais bien, il ne dira plus rien.

Je suis revenu chez moi obsédé par Marie.

Pour me remonter le moral, j'ai attrapé le cruchon de prune que m'envoie mon cousin Jules, de Rignac dans le Lot. Une lampée, deux. Crédieu ! C'est le meilleur des somnifères.

Je m'éveille le lendemain et j'ouvre la radio. Flash ! A Lyon, le préfet déclenche le plan ORSEC ; Fourvières déborde et bloque toute la ville. Du nouveau aussi dans l'affaire Cheney. Marie a été arrêtée ce matin et incarcérée à Bois-d'Arcy.

*

Rendez-vous pris, je rencontre René Vermont, son avocat. Il n'ignore rien de mes relations avec Marie. Elle lui a tout raconté. Peu d'espoir, selon le chicaneur, Marie est et restera bouclée.

— Pourquoi l'ont-ils arrêtée ?

— Une faille dans son alibi.

— Mais il est en béton ! Elle se trouvait à Fontainebleau, chez son amie Léa lorsque Frédéric est mort.

— Vous savez, les alibis... Léa Mancini, prise de peur, s'est présentée spontanément à la police et lui a raconté qu'elle avait menti pour aider Mme Cheney.

Chaque mot de Chicaneau arrive comme un uppercut. Un double sentiment m'envahit, à la fois angoisse et lucidité. J'entends les mots et je les vois, en même temps, projetés sur un écran géant : « MARIE... MENSONGE... SON ALIBI NE TIENT PAS... » Soit, elle a menti. Mais pourquoi ? Pour protéger qui ? Et où était-elle au moment du meurtre ?

— En fait, je crois que la police bluffe. Même si Marie Cheney leur a monté un bateau, ils n'ont pas la moindre preuve contre elle, pas plus qu'ils n'ont découvert l'arme du crime.

— Vous la croyez coupable ?

— Je n'en sais rien. De toute façon, je ferai tout pour la sortir de là. Vous-même, où étiez-vous au moment de la mort de Frédéric Cheney ?

Anéanti, je ne me sens même pas blessé par sa suspicion mais je refuse d'entrer dans son jeu et je ne réponds pas.

Sans vergogne, il repose sa question.

— Ça ne vous regarde pas. De mon côté, je ferai tout pour aider Marie. Mais moi, je ne la crois pas coupable.

Glacial, soudain, il me reconduit à la porte. Je ne reviens chez moi que longtemps après, à la suite d'une longue marche au hasard des rues.

De nouveau la prune, pour essayer d'oublier. Mais ce n'est sûrement pas la bonne solution. Il me faut de l'aide, seul je n'arriverai à rien.

Dans ces moments-là, on fait l'inventaire des amis. Et c'est comme un microprocesseur, ça occupe la surface d'un ongle.

Neurone et Ophélie, en vacances dans les Alpes,

ne m'aideront pas. Reste qui ? Mes rares copains vadrouillent tous quelque part. C'est l'été.

*

Le lendemain soir, j'exécute ma corvée du Charité-bizness et, exténué, retrouve Loïck Schwartz après le spectacle. Nous sommes affalés dans une brasserie des Boulevards. A bout de nerfs, je lui raconte mon problème.

Loïck m'écoute, pose sa bière, me saisit le bras.

— Tu es comédien, n'est-ce pas ? Donc tu connais la seconde d'angoisse qui suit le lever de rideau, l'instant fou où tu plonges dans un faisceau de lumière face à la salle noire pleine de têtes invisibles ? Seul contre tous, tu as peur et il ne te reste, pour vaincre, qu'à faire « vibrer le silence ». Ton histoire, c'est pareil. Un homme est tué et la femme de ta vie, l'épouse du mort, est soupçonnée de l'avoir trucidé. C'est l'instant des trois coups, tu entends ton cœur battre... tu entends le silence qui vibre déjà dans la nuit. D'où vient-elle, cette vibration ? Là est la question !

— Qu'est-ce que tu veux dire ?

— Ceci. C'est à Fontainebleau que ça vibre. Léa Mancini a menti. Où était Marie ce jour-là ? Quand tu dis à un Juif qu'il y a un million d'étoiles dans le ciel, il te croit, mais s'il voit écrit : « Attention, peinture fraîche », il va toucher du doigt pour savoir si c'est vrai. Ma femme part demain en vacances. Moi, je reste encore à Paris. Si tu veux, je t'accompagnerai à Bleau voir cette brave Léa ; on commence par là... on regarde pendant que la peinture est encore fraîche.

*

Loïck gare la voiture devant une villa blanche proche de la forêt.

Une grille sépare l'allée d'une large bande de gazon.

Je sonne. Personne ne répond mais j'aperçois un rideau qui bouge et une tête apparaît derrière une vitre. Mon doigt insiste sur la sonnette.

Une femme d'un âge certain se pointe dans l'allée déserte et avance sur nous.

— Ça va, ça va, je ne suis pas sourde. Vous êtes de la police ?

— Evidemment, fait Loïck. Je veux voir Mme Mancini.

— Je suis sa mère, ma fille n'est pas là.

— Nous allons l'attendre.

— Vous n'avez pas compris. Elle a quitté la maison ce matin, direction le soleil d'Espagne.

— Nous lui avions pourtant défendu de bouger !

La femme hoche la tête, passe une main dans ses cheveux gris et esquisse une grimace. J'ai l'impression qu'elle va s'écrouler en larmes.

— Où est-elle ?

— Je l'ignore. Elle n'en pouvait plus. Je suis sûre qu'elle me téléphonera.

Je ne savais pas Loïck si bon comédien. Il baisse la voix, regarde autour de lui comme s'il craignait d'être entendu.

— Laissez-nous entrer, les voisins n'ont pas besoin de savoir que la police est chez vous.

La vieille dame approuve et nous ouvre la grille.

L'hôtesse nous reçoit dans un salon aux meubles couverts de housses grises. Je ne savais pas qu'il existait encore des gens qui protégeaient ainsi leur mobilier. Toute la pièce semble hors du temps avec une batterie de photos de tailles diverses, dans des cadres miroirs, alignées sur un dessus de cheminée. Je regarde les clichés. La vieille s'approche.

— C'est toute ma vie, fait-elle, en désignant les photos.

Dans un des cadres, je reconnais Marie. Je fais l'étonné en montrant l'image.

— On dirait Marie Cheney.

— C'est elle, une amie de pension de Léa. Elles étaient inséparables.

— Et Mme Cheney n'est pas venue ici vendredi dernier, c'est bien ça ?

— Oui, c'est la veille qu'elle est venue déjeuner. J'en suis sûre. Le vendredi, chez moi, on mange toujours du poisson et Marie m'a aidé à écosser les haricots destinés au gigot. Croyez-moi, une maîtresse de maison ne confond pas ce genre de choses.

— Donc, jeudi, Marie vous rend visite. Elle reste longtemps ?

— Non, elle a filé après le déjeuner.

— Vous avez bien une idée de l'endroit où elle est allée ?

— Dame, oui, voir Carole, sa fille. Elle passe l'été chez sa grand-mère, à Milly.

— Pourquoi l'avez-vous caché à mes collègues ?

— Mais je n'ai rien caché. Ils ne m'ont rien demandé, c'est tout. Seule Léa les intéressait.

— Donnez-moi l'adresse de cette femme, à Milly.

Elle fouille dans un tiroir et me tend une carte

gravée au nom de : Laurence Villars, rue du 11-Novembre à Milly-la-Forêt.

Repli sur la voiture. Ma tête bourdonne. Pourquoi Marie a-t-elle menti ? Qui cherche-t-elle à protéger ? Ou que cherche-t-elle à cacher ?

*

Laurence Villars nous reçoit fort bien.

Pas question de lui raconter que nous sommes de la police, avec elle ça ne passerait pas.

Je me présente comme un ami de sa fille.

A l'annonce de mon nom, son regard durcit et se radoucit aussitôt. Elle possède une certaine maîtrise d'elle-même, cette gente dame.

— Entrez, Marie m'a parlé de vous.

Dans une allée de gravier blanc, une enfant d'une dizaine d'années dessine des « 8 » avec son vélo. C'est Carole, la petite de Marie et de Frédéric. Je l'ai entrevue, un jour, avec sa mère. La gamine chantonne : « Une fourmi de dix-huit mètres avec un chapeau sur la tête, ça n'existe pas, ça n'existe pas. » L'enfant se tait à notre approche et appuie sur les pédales de sa bicyclette pour éviter de nous croiser.

Laurence nous désigne des sièges, s'affaire très vite.

— Whisky ?

Loïck approuve.

— Bourbon ou scotch.

La classe, cette femme. Plus grande que sa fille, très mince malgré la soixantaine proche. Elle irradie un parfum cher et l'institut de beauté à répétition, la belle-maman de Frédéric Cheney. Une coiffure de style, argent et parme, coiffe un visage à peine fardé. Ce qui frappe avant tout c'est la vivacité du regard. Les yeux bougent et ne ratent rien. Le nez est un peu long et les lèvres, denses, d'un rouge très foncé. Je sais maintenant d'où Marie tire une partie de son charme. Le tailleur Chanel, les chaussures noires vernies à boucle d'argent complètent une silhouette de mannequin. Portrait d'une grande bourgeoise dans une revue de mode chic et toc.

Je lève mon verre.

— A la libération de Marie.

Nous trinquons. Question de Loïck.

— Quand avez-vous vu votre fille pour la dernière fois ?

D'un mouvement insensible du poignet, elle fait tournoyer le whisky. Le glaçon tinte dans son verre de cristal.

— Vendredi.

— Vous pourriez le jurer ?

L'œil s'éclaire d'une lueur de mépris.

— Ne soyez pas stupide, je vous prie. Je pourrais le jurer même si je mentais. Il s'agit de ma gosse et je sais que monsieur — elle me désigne du menton — est un intime de ma fille. Je ne vois donc pas pourquoi je vous mentirais. Vous voulez l'aider ? Parfait, vous êtes les bienvenus. Nous allons nous entendre.

Je ne peux pas expliquer pourquoi cette femme me fait peur. Sensibilité de comédien ? Peut-être, mais je sens les gens et les choses. Oui, j'ai peur de Laurence Villars.

Le silence perdure. Chacun cogite. Quelqu'un ment dans cette histoire et ce mensonge claquemure

Marie dans son oubliette. Je relance le débat et raconte, à Laurence, notre entretien avec la mère Mancini.

Gorgée de scotch. Laurence pose son verre sur une console de bois doré, traverse le salon et revient vers moi.

— Il est possible, après tout, que Marie soit venue jeudi chez Léa *et* vendredi ici. Si c'est le cas, j'aimerais quand même posséder la clé de ce faux alibi.

Laurence reprend son verre.

— Règle élémentaire, ne jamais prendre les policiers pour des simples d'esprit, et ça Marie le savait. Ce qui rend son mensonge encore plus incompréhensible. Il était évident que la police fouinerait partout. Mon gendre n'était pas n'importe qui. Il se vautrait dans la politique sale comme un cochon sauvage dans la boue et sa mort risque de faire des vagues dans certains milieux. Donc, les policiers ne laisseront rien dans l'ombre. Ils gratteront, piocheront et continueront à mener le jeu.

— Politique sale ?

— Oui, il y avait pris goût avec l'affaire Fabrette et organisait des services d'ordre pour la protection de certaines personnes. Boulot payé au-dessus du Smic, je puis vous le garantir.

— Des milices ?

— Si vous voulez, mais des milices discrètes. Frédéric aimait l'argent et il le prenait là où il se cache. Moi aussi d'ailleurs, je suis antiquaire.

— D'autres clients ?

— Oui, des truands. Frédéric prétendait qu'il est plus facile de défendre les auteurs d'un hold-up que d'en faire un. C'est mieux rétribué et moins dangereux.

— Vous approuviez ses activités ?

Sourire séduisant, très séduisant, nouvelle gorgée de whisky et grand rire. Un rire qui envahit le salon.

— Bien sûr. L'argent c'est comme l'inégalité, ça ne se partage pas, ça se conquiert. Il n'y a que les imbéciles qui se battent pour l'égalité. Pourquoi voulez-vous qu'un homme beau, riche, et donc forcément intelligent, partage ses qualités avec quelqu'un de laid, pauvre, et donc forcément stupide ? Je n'aimais pas mon gendre, quel être normal peut aimer son gendre, je vous le demande ? Mais j'approuvais ses idées, totalement.

J'ai pensé : totalitairement, mais je n'ai rien dit.

— Soit, vous ne l'aimiez pas, mais visiblement quelqu'un d'autre aussi n'aimait pas ce pauvre Frédéric. Qui ?

Je n'apprécie que modérément le regard qu'elle me jette, mais elle se reprend et enchaîne.

— Dans l'intérêt de Marie, soyons alliés. Appelez-moi si vous avez du nouveau. Je ferai de même, monsieur Valois.

Elle regarde sa montre.

— Excusez-moi, j'ai un rendez-vous à Paris.

Dans l'allée, Carole continue son carroussel à vélo et chante toujours : « Une fourmi de dix-huit mètres... » Laurence s'arrête à sa hauteur, immobilise la fillette et lui plante deux baisers sur les joues.

— Dis, ma chérie, tu ne connais pas une autre chanson ? Change de disque, veux-tu ?

L'antiquaire embarque dans une Lancia. Un domestique rabat la grille du jardin.

Je reviens vers la voiture. Loïck reste silencieux. Lui aussi paraît impressionné par Laurence Villars.

CHAPITRE VI

A Rouen, Colette Chiglione s'engagea sur l'autoroute en direction de Paris. Peu lui importait maintenant d'être suivie.

Apaisée par le souffle régulier du moteur, pied au plancher, elle tirait le maximum de la voiture. Quel délice de conduire vite après onze mois de réclusion.

Le puzzle prenait forme ; ne manquait que la pièce centrale : Pietro. Elle savait pourquoi on l'avait bouclée et une violente pulsion de haine l'envahissait en pensant à Paulo. Paulo comment, déjà ? Ah, oui, un surnom bidon de truand à l'ancienne, Paulo le Stéphanois ! Mesrine avait plus d'allure, il était Mesrine, tout court. Le Stéphanois... La voiture faillit quitter la route.

De Paris, Colette appela Joss Langlois, l'homme de la Wisconsin, et lui donna son accord. Pour elle, le marché tenait. La prime promise, en échange des statues, représentait un joli pactole. Elle pourrait se retirer à Honfleur pour y travailler en paix avec Roger à ses côtés. Pietro aussi, s'il le désirait. Quelque chose surgit dans sa mémoire. Les onze mois de détention refirent surface. Elle rectifia : « Roger, oui ; Pietro... si je le désire. »

Pour l'assureur aussi c'était O.K. Elle toucherait l'argent en échange des statues.

— Ne craignez rien, précisa-t-il, aucune compagnie d'assurances ne peut se permettre d'entourloupe dans ce genre de négociations.

— Il me faut plus de temps.

— Une semaine supplémentaire, c'est tout ce que je peux faire. Au-delà, la Wisconsin paiera ses assurés. Bonne chance.

De nouveau, l'image du puzzle revint mais sonorisé cette fois. Les mots du Stéphanois illustraient le dessin. « ... je retourne à la planque, une villa qui lui appartenait... » Villa ! tu parles... Il ne possédait rien en dehors du pavillon de l'impasse du Moulin-Vert.

Elle se souvenait de son rire lorsqu'il l'avait acheté. « Impasse du Moulin-Vert ! Une adresse pour écolo, ma parole. Ecolo ! Elle frappa la table du poing. Ecolo ! Ecole ! Saint Cyr-l'Ecole ! Comment avait-elle pu oublier ? Il l'avait un jour, menée là, dans une maisonnette de brique rouge.

— Je suis né ici, avait-il précisé. Ça appartenait à ma famille. C'est mon père qui l'a construite.

A deux reprises, ils y étaient retournés. Puis il s'était débarrassé de la fermette.

— Trop cher à entretenir lorsqu'on n'y habite pas, trop de problèmes lorsqu'on loue. Je la vends.

Menteur ! Encore une fois... Selon le Stéphanois, c'était là qu'il planquait le produit de ses casses.

*

Nationale 10 ; sa mémoire se souvenait d'un bouquet d'arbres près d'un château d'eau, d'un mur peint avec, en lettres noires, une pub pour une marque de chocolat.

Virage. Le réservoir était là, planté en plein champ. En vis-à-vis, surgie de la crise du logement, une barre de béton, mi-clapier mi-cage de zoo, fermait l'horizon.

Encore un tournant et le mur apparut avec des lettres incongrues qui sortaient de la peinture écaillée : O... L... A... T...

Cabane abandonnée, la maison de briques vivait dans une minuscule jungle d'herbes folles. Volets clos, elle semblait déserte.

Le bouton de sonnette n'éveilla aucun écho. Pas de courant probablement. Colette fit le tour du grillage et découvrit, à l'arrière, une brèche invisible de la route. Les herbes l'atteignaient jusqu'aux hanches et une tige d'orties lui brûla les mollets.

Une porte. Elle poussa. Le bois céda, déjà forcé par d'autres mains. « ... je retourne à la planque... » Le Stéphanois, encore.

Couloir noir. Pas question d'ouvrir les volets. Il suffisait d'une ronde de gendarmes pour la renvoyer en cellule si on la trouvait là. Violation de domicile pendant sa liberté provisoire...

Ses yeux s'habituaient à la pénombre.

La maison puait le vide. Depuis sa détention, elle savait, promiscuité oblige, que tout avait une odeur, les cheveux, les lavabos, les vêtements et le coton, la laine et le cuir, la peau et le plâtre, tout. Aucune habitation ne possède le même parfum, surtout pas une cellule. Et celle-là sentait la moisissure et l'absence.

Rien. Aucune trace de vie. Pas un meuble. Seules des plaques de salpêtre couraient au bas des murs.

Du poing, Colette sonda les cloisons. Du talon, elle fit résonner les planches. Des murs et des sols francs, pas une trappe, pas une cachette où planquer un objet quelconque. Construite sur un vide sanitaire, la maison ne possédait pas de cave et, de toute évidence, le grenier brillait par son absence.

Dans l'ancienne cuisine, une araignée descendait en rappel le long du compteur électrique. Le coin d'un ancien livret de relevés, le vieux carnet aujourd'hui disparu de l'EDF, pointait derrière le tableau de bois. Le seul objet humain dans ce Ténéré de banlieue.

Colette tira vers elle le carton et reçut une volée de poussière dans les narines. Elle éternua, lâcha le carnet. Feuillets ouverts, il la narguait sur le plancher. L'araignée courait sur la couverture. Du pied, Colette la repoussa et, ce faisant, fit jaillir du livret un carré de papier vert. Le même format et la même couleur que le bloc qu'elle utilisait chez elle, à Paris, comme mémento téléphonique.

Colette s'empara du feuillet. Il portait une inscription manuscrite : Arts et Bibelots — Marianne Vasseur, suivie d'une adresse aux Puces de Saint-Ouen. L'écriture était de Pietro.

*

Royal-bougnat.

L'heure de pointe avant le repas du soir.

Sans rien me demander, Fernand me tend un verre d'alcool blanc, de la prune.

— Tu as l'air d'en avoir besoin.

Je bois cul-sec et lui fais signe de remettre ça.

— Tu as vu Cagna ? Il te cherche.

— Encore ! Pourquoi ?

— Je l'ignore. Il n'a rien dit d'autre que : Didier n'est pas là ? Dis-lui que je veux le voir.

Au comptoir, Le Renégat et Jean-François s'expliquent sur les Juifs, propos de bistrots dont je ne perçois que des bribes lorsque le silence se fait. Tout le troquet écoute notre écrivain.

— T'es vraiment un pollack, tu ne comprends jamais rien à rien. Les Juifs, c'est comme l'Océanie, tout le monde en parle, personne connaît.

Il fait signe à Fernand. Les verres se remplissent.

Jean-François reprend.

— Il n'y a pas de problème juif, ballot. Il y a simplement le problème que les Juifs traînent avec eux et c'est celui de l'après-vente.

Le renégat Kautski, l'œil allumé, sirote son cinquième calva et attend la suite.

— Oui, le drame des Juifs, c'est ça : le service après-vente. Ils ont des idées fabuleuses, c'est sûr, mais qu'est-ce qu'ils en font ? Ils laissent les autres s'en occuper. Ils inventent le monothéisme et ce sont les Romains qui gèrent le fonds de commerce. Ils créent le marxisme et laissent le marketing à Staline. Et pour diffuser Freud, simple et lumineux, ils trouvent Lacan comme exécuteur testamentaire, et j' te parle pas des autres. Tous des alchimistes ; tu leur donnes de l'or, ils en font de la merde. Comment veux-tu qu'ils n'aient pas de problèmes, les Juifs ? Tu comprends, vieux raciste ?

— Raciste ? Moi ? Jamais ! La preuve, j'ai même des amis antisémites, dit Le Renégat.

— Allez, Fernand, donne à boire à ce pollack de mes deux, sinon il va encore dire une connerie.

Je me dis qu'il devrait écrire, Jean-François, mais je me rappelle à temps qu'il est écrivain.

L'heure tourne. Je rêve de Marie. Les buveurs se tirent. J'attends Loïck. Tant pis, je dînerai seul, j'ai l'habitude.

Cécile prend ma commande et m'apporte le plat du jour, osso-buco maison.

Pas de Loïck à l'horizon. Que fait donc cet hurluberlu ?

Je termine mon repas lorsque la porte s'ouvre. Apparition d'un homme enveloppé, aux cheveux grisonnants emmêlés, aux vêtements déchirés. Le visage est en sang. Loïck ! C'est mon imprésario, ce zombie ?

L'autre avance, titube, s'accroche à une table et s'écroule devant le comptoir.

*

SAMU, sirène, hôpital.

Loïck, évanoui sur un brancard, transite dans des couloirs avalés au pas de gymnastique par les ambulanciers.

Fernand me tient compagnie et m'alimente en Gitanes. Je repense à ce que Cagna m'a dit un jour : « A mon âge, les journées raccourcissent. » Attendre à l'hôpital, derrière la porte d'une salle d'op, procure exactement l'effet inverse. Les heures doublent de durée, d'intensité, de consistance.

Enfin, l'interne refait surface.

— Ça ira. Il a eu de la chance votre ami, pas de traumatisme crânien, mais des hématomes plein le corps et le nez en miettes. Ça fait mal, mais on s'en remet ; un traitement à la matraque en caoutchouc, voilà ce qu'il a subi. On vous le rendra dans quelques jours.

Retour au bistrot. Fernand pose bien le problème.

— Qui et pourquoi ?

J'approuve et je m'interroge. Vengeance professionnelle ? Possible. Que le comédien, qui n'a jamais souhaité la mort de son agent, lève la main. Mais de là à passer à l'acte...

Une femme ? Peu vraisemblable. Ce ballot de Loïck est fidèle comme le lierre.

Un créancier ? Mille fois non ! Qui ferait crédit à un imprésario ?

Politique ? Loïck est centriste. On ne tue pas un être transparent, on l'ignore.

— Et si c'était un attentat raciste ? suggère Cécile. Après tout, il est demi-juif, Loïck.

— Et c'est pour ça qu'ils ne l'ont tué qu'à moitié ? réplique Fernand furieux.

Cécile hausse les épaules et file à la cuisine.

Je pense à Marie. Avons-nous dérangé quelqu'un en enquêtant ? Laurence ? Elle ne demande qu'à aider sa fille. Léa Mancini ? Pour la vieille qui nous a reçu nous sommes des flics et rien d'autre.

Je m'incruste au Royal-bougnat jusqu'à la fermeture. Retour morne vers la maison dans un Paris désert.

Je tourne et retourne le problème et m'endors à l'aube.

*

Visite autorisée, je pousse la porte de la chambre de Loïck.

Le visage couvert de bandages, il est assis dans le lit. Seuls émergent la bouche et les yeux. Il me salue de la main et me désigne le seul siège de la chambre.

Du paquet de pansements sa voix me parvient, lointaine.

— Que t'est-il arrivé ?

— Je suis passé chez toi. J'avais un projet de tournée dans le Sud-Ouest à te proposer. Porte close. Je redescends. Il m'attendait près de la sortie, camouflé entre les deux faux ficus qui décorent ton couloir. J'ai vu son bras droit se lever et j'ai compris. Ma mère disait toujours : « Donne, et tu recevras ! C'est biblique. » J'ai donné un coup de pied et j'ai reçu une matraque dans la gueule. Je ne sais pas ce qu'en pensent le Talmud ou les Evangiles, mais ça fait rudement mal.

— Tu pourrais décrire ton agresseur ?

— Non, commissaire, mais j'ai un conseil à te donner. Méfie-toi, Didier. Le malfaisant qui m'a cogné s'est visiblement trompé de cible. De toute évidence, c'est toi qu'il visait. Il m'a vu descendre de chez toi, comprends-tu ?

Je garde le silence. Il a raison, bien sûr. Le débat s'élargit avec un nouveau paramètre : pourquoi moi ?

— Quand sors-tu ?

— En principe, demain. Peux-tu venir me chercher ?

De nouveau la rue. Prudent, je regarde autour de moi et prends la direction de la maison.

*

Marie, mélancolie. Mais ce n'est pas le moment d'avoir des états d'âme. J'attrape le cruchon du cousin Jules.

*

On frappe à ma porte. J'ai mal à la tête et je ne bouge pas. On insiste lourdement. Résigné, je m'extirpe du lit.

— Qu'est-ce que c'est ?

— Télégramme.

Ce n'était pas la poste. A moins que, pour résorber le chômage, les télégraphistes se déplacent maintenant par deux. Deux armoires, visiblement nées sous le signe du Colt, avec un ascendant Beretta très marqué si je m'y connais en armes à feu. Pas besoin d'artillerie, d'ailleurs, et une seule des balèzes suffit pour repousser la porte et moi avec. Je repense à Loïck et je m'abstiens de donner pour ne pas recevoir.

— Que voulez-vous ?

— Vous parler.

J'attends. Le plus géant des deux s'installe dans mon fauteuil, près du magnétophone qui me sert à répéter mes rôles.

— Merci de m'offrir un siège.

Il tend la main et appuie sur une touche du Sony. On entend ma voix dans le « II » d'Hamlet.

« Messieurs, soyez les bienvenus dans Elseneur. »

Grand-géant sourit, écoute un bref instant.

— Vous êtes bon, dites donc ! Mais nous ne sommes pas là pour vous admirer dans vos œuvres. Vous possédez un dossier qui nous intéresse, monsieur Valois, et voilà le marché. Vous nous remettez ces papiers et nous filons d'ici sans histoire. Vous n'entendrez plus jamais parler de nous. Sinon...

J'espérais autre chose et je crois qu'ils ne vont pas aimer ma réponse.

— Sinon quoi ? J'ignore qui vous êtes, vous tabassez mon imprésario et vous débarquez chez moi pour me réclamer un dossier dont je n'ai jamais entendu parler. Vous pouvez m'expliquer, peut-être ?

Petit-géant quitte sa planque près de la porte et avance vers le fauteuil de son copain. Grand-géant joue avec le magnétophone. Ma voix apparaît, disparaît. Je joue un Hamlet bègue.

« Qu'est-ce donc, un rat ? Un ducat qu'il est mort ! Mort ! »

Le petit me tend son paquet de cigarettes. Je refuse d'un signe de tête.

— Ça suffit ! Nous n'avons jamais tabassé personne. Du moins pas ici, ajoute-t-il en souriant. Et votre imprésario est inconnu au bataillon. Je m'appelle Louis Horace et je suis avec mon ami, Joseph, le dirigeant d'une maison de services en tous genres : protection rapprochée, transport de fonds, service d'ordre. Vous voyez ?

Je vois, hélas.

Il tend une carte de visite où je lis : « HORACE, LE SERVICE ».

— Vous êtes ce qu'on appelle de gros bras ?

Un grand sourire s'étale sur le visage gras de Petit-géant.

— Vaut mieux avoir de gros bras dans notre boulot, n'est-ce pas, Joseph ?

L'autre approuve de la tête et relance le magnétophone. Cette fois c'est Othello.

« Certainement, les hommes devraient être ce qu'ils paraissent. »

Louis Horace éteint la machine.

— Donc nous sommes de gros bras et nous voulons nos papiers.

— Qu'est-ce qui vous fait croire qu'ils pourraient être ici ? Je ne sais rien de vos papiers.

— Assez finassé. Si Frédéric Cheney ne savait rien de vos histoires avec sa femme, nous, nous étions au courant. Vous êtes le seul à qui elle aurait confié ce dossier.

— Vous commencez à m'ennuyer, Louis Horace. Je ne sais même pas de quoi vous parlez. Fouillez la maison. Retournez tout si ça vous chante. Je vous mets au défi de trouver le moindre dossier ici en dehors de mes factures à payer et des textes de mes répétitions.

J'avoue que j'ai rarement été obéi aussi vite.

Sans se bousculer, sans hâte apparente, ils ont tout ouvert, tout examiné, tout vidé, tout exploré. Tiroirs, classeurs, buffet, tout y est passé.

Je regarde, désespéré, la mer de papiers étalée sur le plancher. C'est marée haute. Il me faudra des semaines pour remettre tout ça en ordre.

La perquisition terminée, Grand-géant s'affale de nouveau dans mon fauteuil de repos.

— Finies les plaisanteries, mon petit. Tu vas vers de gros ennuis si tu ne nous aides pas. O.K., apparemment le dossier n'est pas ici ; fais un effort et rappelle-toi tout ce que Marie a pu te raconter avant son arrestation.

— Marie n'a rien à voir dans vos affaires. D'accord, elle est ma maîtresse, et après ? Ça vous regarde ? Vous faites partie d'une ligue de vertu ? Vous êtes aussi obligé de me tutoyer ? Ça fait partie de la convention collective des gros bras ?

— Non, mais j'aime ça. Tu as raison, mon petit, nous cherchons autre chose que des histoires de lit. Tu connais Fabrette ?

— De nom, comme tout le monde.

— Marie ne t'a jamais parlé de lui ? Allez, petit, fais un effort.

Muet je suis, muet je reste.

Horace fait un signe. L'autre se lève, avance sur moi.

— Si quelque chose te revenait en mémoire, dépêche-toi de me le faire savoir. Tu as le téléphone sur la carte d'Horace. Allez, ciao, mon petit. Fais bien attention en traversant les rues.

CHAPITRE VII

Je ramène Loïck de l'hôpital. Il a la tête de Ramsès dans son sarcophage juste avant le démaillotage.

Ma rencontre avec les géants semble l'intéresser au plus haut point. Ses yeux brillent, dans la découpe des bandages, à l'écoute de mon récit.

— Connais-tu, murmure-t-il, la différence entre Dieu et un Juif polonais ? Non ? C'est pourtant simple : Dieu sait tout. Un Juif polonais aussi... mais mieux.

Je lâche un instant le volant et fais un geste d'incompréhension de mes deux mains ouvertes.

— Tu ne piges pas ? J'éclaire ta lanterne... Sais-tu ce qui a développé leur esprit de contestation et a permis aux Juifs d'Europe de l'Est de survivre aux pogroms, au climat et à leurs mères ? C'est le geffilte-fish[1] à la polonaise. C'est mon père qui m'a expliqué. Le geffilte-fish à la russe, plat délicieux, se mange poivré et salé. A la polonaise, c'est un mets infâme. Il est sucré ! Sucré, entends-tu, du poisson sucré ! Y'a vraiment qu'en Pologne qu'on peut imagi-

1. Geffilte fisch = poisson farci. En général, de la carpe ou du brochet.

ner une recette pareille. Et toute l'intelligence des Juifs polonais vient de là : Trouver la solution pour échapper à « ça » ! Et, de contorsion mentale en gymnastique intellectuelle, les Juifs de l'Est ont rejoint et dépassé Dieu lui-même.

— J'entends bien, mais quel rapport entre ton poisson polonais et notre histoire ?

— C'est simple. Avec le geffilte-fish sucré tu connais l'enjeu. Ce n'est pas pour rien que Kafka a écrit *Le Procès* et *La Colonie pénitentiaire,* tandis qu'avec Marie, toi et moi risquons notre vie sans même savoir pourquoi.

J'écoute.

— Tout se ramène à comprendre pourquoi nous sommes en première ligne. L'affaire démarre avec la mort de Cheney. Pour une raison inconnue, nous interférons quelque part avec son assassinat. C'est donc la trace de l'avocat que nous devons prendre. A l'envers, bien sûr, partir de sa liquidation et remonter vers le meurtrier en revivant ses dernières heures ou ses dernières journées. Que savons-nous du mort ? Juriste retors, le genre petit malin, qui de son cabinet, organise, arbitre et monte des coups tordus. N'oublie pas que c'est sa belle-mère qui nous a parlé de ses activités.

— Sa femme aussi.

Il approuve de la tête, fait une grimace.

— Sa carrière a débuté avec Fabrette et Chomel. Si tu commençais par là ? Il va falloir, hélas, que tu rames seul. Je suis hors d'usage pour un bon moment, me semble-t-il.

Je dépose Loïck chez lui. Sa femme, prévenue, rentre ce soir pour s'occuper de lui.

— Tiens-moi au courant, Didier, je ferai ce que je pourrai pour t'aider. Et, surtout, fais attention à toi.

Bref salut. C'est la deuxième personne qui me recommande de faire attention. La première c'était Joseph, le copain préféré d'Horace.

*

Je tapote sur mon Minitel. Voilà, Fabrette et Chomel, mécanique lourde et de précision, rue Claude Courchay à Montreuil.

Encore un couple séparé puisque Fabrette est mort, assassiné lui aussi. Heureusement qu'il reste Chomel. Je sors la R5 du parking et j'attaque le périphérique.

*

Une rue pavillonnaire de banlieue coupée au milieu par une usine à l'ancienne avec ses toits vitrés à contre-pente, ses murs noircis.

D'une cabine, posée près d'une grille aux barreaux serrés, un homme en uniforme gris manœuvre la barrière d'accès.

— Où allez-vous ?

— Voir Antoine Chomel.

— Vous avez rendez-vous ?

— Non. Mais c'est important.

Pas de rendez-vous, pas de visite. Circulez ! Y'a rien à voir ! Sauf la tête de Cerbère dans son bunker vitré.

— Je représente l'assureur de M. Fabrette. Avertissez M. Chomel que je veux le voir. Exécution !

J'ai la nette impression que le surveillant s'est mis au garde à vous une brève seconde. Je grandis de vingt centimètres mais il hésite encore. Je le regarde sans bouger, sans insister comme s'il allait de soi que mon désir serait exaucé.

Sa main se tend vers un téléphone pendu au mur de la guérite.

Conversation inaudible. Le garde raccroche.

— Vous pouvez y aller. Suivez l'allée jusqu'à l'accueil, vous verrez, c'est marqué.

J'avance dans une allée bitumée bordée de platanes. Et, stupeur, je découvre Petit et Grand-géant qui s'éjectent d'une voiture à vingt mètres de moi. Je me planque derrière un arbre.

Les deux sportifs se dirigent vers l'usine et passent la réception sans problème, ni question. Ils semblent parfaitement chez eux. J'espère qu'ils ne m'ont pas vu.

Un comptoir en faux marbre me barre le chemin : l'accueil. Partout, dans les gares, les banques, le métro vous rencontrez aujourd'hui des hommes et des femmes lestés, sur un badge, du mot magique : « Accueil ». Seuls les gardiens de cimetières, de prisons et de sanisettes ne possèdent pas encore ce label de qualité. Il paraît que cela ne saurait tarder. Comment faisait-on avant le siècle de la communication ? Je suis donc accueilli, écouté, orienté. On dirait que je fais mes « trois jours » à l'armée... Ascenseur. Enfin le saint des saints, le bureau de Chomel, Antoine pour les intimes.

Pourquoi m'attendais-je à trouver un petit vieux ?

C'est un grand gaillard blond, à l'œil vif, au look branché qui me reçoit et me désigne un fauteuil.

— Je suppose que c'est important pour que vous débarquiez ainsi sans rendez-vous ?

— Ça l'est. Je représente « Cosmos, Assurance-vie ». Nous étions les assureurs de votre associé. Selon l'usage, en cas de mort violente, nous ouvrons une enquête sur notre assuré. Pouvez-vous nous aider ?

— Volontiers. Que voulez-vous savoir ?

— Parlez-moi de Fabrette. Que savez-vous de lui ? Y compris de sa vie privée. Bien entendu tout cela restera confidentiel.

Antoine sourit et me tend un paquet de blondes.

— JAF, Jean-Auguste Fabrette, si vous préférez, et moi n'étions pas de la même génération. Je ne suis là que depuis deux ans. J'ai hérité de mon père, co-fondateur de la firme avec Jean-Auguste. Les deux hommes s'entendaient bien. Moi, j'ai une formation de grande école, Fabrette, lui, était un autodidacte et ne pouvait donc pas cohabiter avec moi sans tension. Certains n'appréciaient pas ses méthodes archaïques apprises sur le tas. Le capitalisme ne change pas dans sa finalité, par contre ses méthodes de direction et de gestion évoluent. La mort de JAF arrange finalement tout le monde. Qui bénéficiait de sa police d'assurance ?

— Je n'ai pas le droit d'en parler, dans l'immédiat tout au moins.

Ma cigarette se consumme. J'en allume une autre et je décide de foncer.

— Police pour police... Parlez-moi de la police personnelle de Fabrette.

Son œil étincelle.

— Comment savez-vous que JAF possédait une garde prétorienne, comme disent les syndicats ?

— Nous sommes ses assureurs. Vous couvririez un risque sans connaître à fond ce que vous achetez, monsieur Chomel ?

Téléphone. Chomel écoute, hoche la tête, raccroche.

Lui aussi fume. Son regard devenu fixe ne me lâche plus.

— En quoi la police privée de JAF vous concerne-t-elle ? C'est quoi, déjà, votre compagnie ?

— La Cosmos-Vie. Tout ce qui touche Fabrette nous intéresse désormais. C'est ma compagnie qui va payer, monsieur Chomel, ne l'oubliez pas.

La tête enveloppée de fumée, il éclate de ce rire qu'on appelle agricole ; à tort, je n'ai jamais vu rire un paysan.

— On ne m'a pas menti, vous êtes réellement excellent, Didier Valois. Vous jouez où, actuellement ?

Je reste muet.

Chomel se penche vers moi.

— Finie la comédie, Valois, je sais qui vous êtes. Vous allez vider votre sac, mon vieux, sinon...

Mon cœur se serre, je décide de plonger.

— Sinon... Vous lâcherez vos chiens de garde ? Lequel ? Le bel Horace ou le tendre Joseph ?

Il rit de nouveau.

— Vous êtes moins bête que je ne le pensais.

Que désirez-vous ? Je crois que nous pourrions nous entendre.

Nous entendre ? Parfait, mais sur quoi ? Je décide d'attaquer.

— L'assassin de Cheney, voilà ce que je veux.

— Pourquoi ? Vous voilà débarrassé d'un mari gênant, vous devriez trépigner de joie au contraire.

— Je ne trépigne jamais à la mort d'un homme, fût-il une crapule. Tant que l'assassin de Frédéric se promènera en liberté, Marie Cheney restera bouclée. Cela dit, pourquoi avez-vous assommé mon imprésario ?

— Je n'ai rien à voir dans l'agression de votre imprésario.

— Pourquoi m'avez-vous envoyé vos gros bras ? Vous croyiez m'impressionner ?

Sa voix me parvient à travers un nuage de fumée. Paupières plissées, il me dévisage en silence.

— Vous êtes un idéaliste, Valois, et j'aime ça, c'est toujours les rêveurs que l'on pend en premier. C'est vrai que je vous ai envoyé Louis Horace. Il vous a dit ce que je voulais ?

— Oui, et je ne l'ai pas. Si vous m'expliquiez ?

Nouvelle auréole de fumée autour du visage.

— Je vais vous faire confiance, Didier. En échange, si vous me trahissez, vous en rendrez compte à Horace et Cie. Je veux que vous m'apportiez un dossier constitué par Cheney sur Fabrette et Chomel. J'ai fait faire une perquisition clandestine par Horace dans les bureaux de Cheney, en vain. Joseph a également visité, à leur insu, les parents de notre avocat. Rien d'intéressant. Or, je sais que ce dossier existe. Je paierai cher pour le retrouver.

— Je vous ai déjà dit...

Sans vergogne, il me coupe la parole.

— Taisez-vous ! Je sais très bien ce que vous m'avez dit. Il est possible d'ailleurs que vous ne mentiez pas. Dans ce cas, cherchez pour moi ces documents et apportez-les ici.

— En échange de quoi ?

— Je vous aiderai à trouver le tueur de Frédéric.

A mon tour de rire.

— Même si c'est vous ?

— Ne faites pas l'idiot, ce n'est pas moi.

Claquement de briquet. Je fume.

— Que contient-il, votre dossier ?

Pour la première fois, il semble hésiter. Je le rassure.

— Soyez sans crainte, si je le trouve, je le lirai.

A son tour de plonger.

— Vous savez sans doute que tout n'est pas facile dans l'industrie. La concurrence est rude, pas toujours loyale. Il y a deux ans nous étions partie prenante dans l'édification d'un ouvrage d'art dans un pays de l'Est africain. Lors des essais, une poutrelle a cédé. Résultat : douze morts dont trois de nos techniciens envoyés de France. Nous étions heureusement bien assurés mais les syndicats n'ont pas apprécié.

— Mettez-vous à leur place.

— Heureusement, je n'y suis pas. Donc, Frédéric Cheney a mené l'enquête pour la boîte.

— Pourquoi pas la police ?

— Vous êtes naïf ou vous le faites exprès ? Vous connaissez les polices dans les pays du tiers monde ? Naturellement, après backchich l'enquête a conclu à l'accident. Moi j'ai cru au sabotage.

— De qui ?

— Réponse dans le dossier Cheney. C'est une affaire interne à la boîte. Frédéric a cassé une grève, un jour, dans l'usine. Je n'y étais pas à cette époque et, depuis, les syndicats voulaient sa peau et celle de Fabrette. Symboliquement, bien sûr, mais je sais par Horace que personne ne pleure la disparition de Fabrette et de son avocat.

— Livrerez-vous Horace à la justice s'il est le tueur de Frédéric Cheney ?

— Bien entendu. Alors, ce dossier ?

— J'essaierai de vous le trouver. Mais je vous préviens, tant pis pour vous si vous êtes mêlé au meurtre.

Il rit de nouveau, me tend la main.

— Marché conclu, topez-là.

Je topai, puisqu'il le fallait.

*

Dans l'obscurité, yeux ouverts, Pietro fixait un angle du plafond.

Par la fenêtre ouverte arrivaient les rumeurs de la nuit. Le silence total du jardin se brisait soudain par la course d'un animal ou par le fracas d'un prédateur ailé en chute libre sur sa proie.

Citadin dans l'âme, Chiglione détestait ces bruits. Pietro se leva, l'aube venait enfin. Il alluma la première cigarette et fila dans la cuisine.

Il doubla la dose de café et avala trois tasses, coup sur coup.

Le chant d'un coq le ramena en arrière, à Honfleur, à la douceur normande, à Roger. L'envie de voir l'enfant, de le serrer contre lui, de sentir son odeur devint insoutenable. Il s'étonnait toujours de la tendresse qu'il portait à son fils.

Pietro enfila un short et un polo et se lança dans un long jogging au bord de la Marne. Seul, un chemin herbu séparait la maison de la rivière. Pendant les beaux jours, les amateurs de pêche peuplaient les parages mais les voitures n'accédaient que rarement à la berge.

L'Italien louait à l'année cette villa anonyme, position de repli en cas de coup dur, dans un village tranquille près de La Ferté.

Il courait. Pietro respirait à fond l'air du petit matin et sentait son corps obéir à chacun de ses désirs. L'envers de ce qu'il éprouvait devant une table de jeu, lorsque chaque mouvement d'un croupier ou d'un partenaire accentuait l'autosatisfaction de sa destruction lente. Il n'adorait gagner que pour perdre ensuite avec plus de plaisir, plus d'intensité, plus de durée.

Sous un peuplier, il esquissa quelques mouvements de gym et cassa une branche de noisetier. Il arracha les feuilles et les étala sur le sol. Une à une, il les retournait et chaque morceau de tissu vert se transformait en carte à jouer, dix, valet, dame, roi, as ! Toutes de la même couleur, une quinte flush ! La fièvre le balayait de nouveau, cette fureur brûlante dans laquelle il vivait entre deux casses. Il eut envie d'une femme.

Du pied, il balaya les feuilles de noisetier et se glissa dans les eaux vertes de la rivière. Il fit vingt brasses, revint sur la berge et se calma en courant, derechef, sur le chemin de retour.

Douche. Café encore. De nouveau en fonds, il pouvait attendre le retour de Colette.

Sans le Stéphanois à ses trousses, tout irait pour le mieux. D'accord, les flics le cherchaient mais qu'avaient-ils contre lui ? Il avait offert un objet volé à Colette... Ça n'impliquait pas qu'il était le voleur. Paulo, par contre, ne le lâcherait jamais et les cent mille francs qu'il venait de toucher ne suffiraient pas à calmer son complice. Lui aussi, d'ailleurs, avait des comptes à rendre. Paul Bonal, le Stéphanois, connaissait, seul, la présence du « Clown » chez lui.

Toilette terminée, il ramassa son trésor de guerre. La voiture roulait sur les bords de la Marne. Sur la rivière le vent levait des vaguelettes et portait avec lui des effluves d'iode. Honfleur ? Non... la Marne. Il sourit en lançant sa voiture sur l'autoroute de l'Est.

Paris, le périphérique. Il eut envie de passer chez lui mais renonça aussitôt.

Colette sortait de sa vie, sans préméditation. Sa détention servait de révélateur. Leur histoire commune se terminait là et l'offrande du « Clown » n'était en fait qu'un cadeau d'adieu. Restait Roger. Et là...

La route de Rouen.

Il entra dans Deauville.

*

Colette s'enfonça dans Saint-Ouen, en direction des Puces. La foule des dimanches traînait, engrossée d'un flot continu de touristes japonais et américains. Comment dit-on « Les Puces » à Kyoto ou à Dallas ?

« Arts et Bibelots » occupait un stand à Malik. Deux femmes s'affairaient dans le fatras de vases, de lustres et de bronzes qui formaient l'essentiel des marchandises exposées. Colette, mêlée aux chalands, passait d'un Gallé authentique, au prix délirant, à un luminaire de Murano coincé entre deux groupes de lions sculptés dans le style 1925.

Une des vendeuses s'approcha.

— Vous cherchez quelque chose ?

— Oui, Marianne Vasseur.

La jeune femme fit un signe à sa compagne adossée à un meuble au vernis écaillé.

— Marianne ! Madame voudrait te voir.

Blonde, la quarantaine, devant elle, annoncée par deux plis sous les yeux, une peau rose, l'autre leva la tête. Le regard, très clair, filtrait sous une rangée de cils si longs que Colette se dit qu'ils devaient être faux pour avoir une taille pareille.

La femme s'avançait et semblait rouler d'une hanche à l'autre dans un mouvement innocent et sensuel.

— Que puis-je faire pour vous ?

— On m'a donné votre adresse et indiqué que vous étiez une spécialiste du bronze. Je cherche quelque chose de précis, un bronze du Gargallo, « Le Clown » et aussi un Giacometti, un buste de « Diego ».

L'autre ne broncha pas. Elle souriait.

— Je vois. Ce sont des œuvres rares que vous me demandez là. Il me faut du temps et rien ne dit que je puisse mettre la main sur des trésors pareils. Je suppose que vous avez une idée du prix d'œuvres de cette classe ?

— Oui, mais rassurez-vous, j'achète pour un collectionneur américain.

Marianne Vasseur s'empara d'un bloc et d'un stylo à bille en argent.

— Laissez-moi vos coordonnées. Je vous aviserai lorsque j'aurai du nouveau.

Colette donna son nom de jeune fille, Vinay, son adresse et son numéro de téléphone.

L'autre alignait une écriture soignée.

— Vous ne m'avez pas dit qui vous avait envoyée chez moi.

Les yeux de Colette ne quittaient pas le visage de l'antiquaire.

— Je suis redevable de votre adresse à mon mari.

Elle marqua un temps d'arrêt et reprit.

— ... mon ex-mari, Pietro Chiglione.

Marianne Vasseur écrivit ; Pietro... Sa main glissa, le stylo dérapa et la pointe se brisa. Impassible, elle se tourna vers la vendeuse.

— Liliane, veux-tu me passer un autre stylo, j'ai cassé le mien.

Avec un grand sourire, elle fit face à Colette.

— Vous êtes une cliente comme on en voit peu, madame Vinay. Je reste à votre disposition.

Colette salua de la tête et s'enfonça dans la foule.

Sur le pas de « Arts et Bibelots », Marianne Vasseur la suivait des yeux.

*

Il faisait nuit lorsque Pietro quitta le casino. Une fois de plus, il avait plongé dans le temps élastique et retrouvé les bruits et gestes des participants à la grande messe des joueurs.

A pied, il traversa le pont en direction de Trouville et longea le quai. Son corps flambait toujours et vibrait encore de chaque sensation enregistrée pendant cette partie où il se jouait, de nouveau, tout entier. Toute la salle s'était regroupée autour de lui et il avait vécu des heures de feu, en noyau central de la planète Jeu.

Il gagnait.

Des heures durant, il avait gagné, puis perdu, perdu, des heures durant.

Et la nuit l'enveloppait sur ce quai humide dans ses odeurs de marée, de vase, d'argent. Machinalement, il tapota ses vêtements et sourit. Trente bâtons ! Il avait gagné trois cent mille francs, maintenant répartis dans toutes ses poches en liasses de 5 000.

La lumière des « Vapeurs », sa foule souriante de vacanciers l'attira par son trou de clarté étalée sur le quai. Il dîna de coquillages arrosés d'un Sancerre et prit une chambre à Deauville.

Sur le lit, il étala ses liasses, en fit des bouquets plats. Sourire aux lèvres, il se promenait dans la chambre, passait en revue ses régiments de Pascal jaunes. Une fois de plus, il recompta ses billets et rangea le tout dans un porte-documents qu'il balança dans un placard.

Tout s'arrangeait. Il avait maintenant les moyens

de faire patienter le Stéphanois. Ce qui lui laisserait le temps de se refaire à fond et de repartir à zéro. Il se sentait tout neuf, fort et viril. Plus la moindre envie de dormir seul. A Deauville, il savait où trouver une fille. Il s'empara du téléphone.

*

Elle se pointa une demi-heure plus tard et le toisa du haut de ses vingt ans dorés sur tranche, l'or blond des cheveux opposé à l'or roux des seins bronzés, largement découverts.

Ils trinquèrent au champagne, badinèrent, pratiquèrent le trou normand, la lutte gréco-romaine et s'aimèrent dans toutes les langues de l'Europe des douze. Et c'est alors qu'il commit une erreur. Il continua de boire. Ce qui induisit une seconde faute. Il parla de ses gains.

Vers midi, lorsqu'il émergea d'un sommeil sans rêves, il faisait une journée à se griller dans le soleil au zénith. Il était seul. La fille était partie. Son porte-documents aussi.

Lui restaient son portefeuille et une liasse de dix billets de 500 francs.

*

Il gara sans problèmes entre Sèvres et Babylone, c'est-à-dire à Paris, et se dirigea vers un magasin à la façade à l'ancienne peinte en vert bronze. Un nom apparaissait en lettres claires sur le bandeau : Laurence Villars, antiquaire.

Dans une vitrine, une bibliothèque Chippendale invitait les passants à entrer.

Pietro ne put empêcher un mouvement d'admiration devant la beauté du meuble et resta un moment en contemplation. Mais il n'était pas là pour ça. Il tourna la poignée de la porte.

CHAPITRE VIII

Dans son stand aux rideaux baissés, dans les Puces bouclées et désertes, Marianne Vasseur rangeait une série de statuettes d'albâtre ; des objets de fouille arrachés aux sables de Turquie.

Rien de ce qui était clandestin dans l'archéologie, dans l'achat ou la revente d'objets d'art, n'était étranger à Marianne Vasseur. Par ailleurs, « Arts et Bibelots » offrait une activité suffisante pour vivre agréablement.

En dehors du lucre, c'était autre chose qui attirait la jeune femme. Elle adorait cette possession secrète de l'objet rare, ce toucher d'œuvres travaillées 3000 ans avant notre siècle, cette contemplation devant la beauté restée immuable, comme si chaque statuette s'était trempée, au fil des ans, dans une fontaine de Jouvence. Oui, l'âge les rajeunissait ces splendeurs nées pendant ou avant la guerre de Troie.

Marianne Vasseur se demandait parfois si elle rêvait ou si elle ressentait vraiment cette vibration temporelle dans ses doigts lorsqu'ils caressaient la pierre.

L'argent aussi, bien sûr, comptait dans son travail.

Mécénat et talent, fortune et œuvre d'art se conjugent ensemble ; et puisqu'il fallait que quelqu'un servît de lien entre amateurs... autant que ce fût elle. Rigueur et compétence allaient de soi et, aussi, le plaisir de jouer avec un client naïf, de jongler avec des millions, de naviguer sans cesse entre loi et désordre. Oui, elle aimait ce métier, jusqu'au jour où Paul... Paul ! Ce truand !

L'émotion la rendit maladroite et elle rattrapa de justesse une statuette en déséquilibre.

C'était Laurence qui l'avait initiée. A tout. Elle lui devait la découverte de la beauté, de l'amour, de l'obéissance aussi. Dommage ! Elle ne demandait plus rien, madame Laurence. Marianne lui devait aussi sa rencontre avec le Stéphanois, cette brute faite mâle, cette pierre qu'il fallait tailler et modeler sans cesse pour essayer d'en sortir un sentiment, un mot, un geste humain. Après tout, c'était peut-être ce qui la fascinait chez Paul, cette rupture immédiate entre la délicatesse de sa vie quotidienne et ses moments de lit avec cet orang-outan, ce vilain singe. Non, les animaux étaient plus respectables !

Un rayon de soleil piqua entre les interstices du store et ricocha sur les sculptures. Marianne Vasseur, immobile, toute sa vision concentrée, regardait la lumière jouer sur une courbe de marbre, rebondire sur une échappée de hanches, sauter sur les cuisses amples et les muscles étirés, invisibles et si présents dans leur gaine minérale.

Lentement, elle émergea de sa fascination et se dirigea vers le téléphone.

Comme d'habitude, on répondit vite.

— Laurence ? Il faut qu'on se rencontre.

Il n'y eut pas de questions. Comme d'habitude.

*

Laurence fumait. Problème : comment se débarrasser d'une épine enfoncée dans la peau ? Solution : en la faisant sauter.

Toute sa vie, elle avait réglé simplement ses problèmes. Placée à 13 ans, par l'Assistance publique, elle avait découvert très tôt ce que les hommes désiraient et la manière de se faire respecter.

Elle rejeta une longue ligne de fumée bleue et tenta, en vain, de faire des ronds.

Depuis des jours, elle le sentait tourner autour d'elle, Marcellin, et elle savait ce qu'il voulait. Elle n'ignorait rien de ce qu'il faisait à sa fille.

Ils étaient tous aux champs. Laurence seule préparait le repas du soir et posait une pile d'assiettes sur la table. Elle alignait les couverts lorsqu'elle sentit la main du bonhomme s'emparer de son genou et remonter sur sa cuisse. Il avait une peau rugueuse et brûlante. Laurence posa sa dernière cuillère et se retourna vers Marcellin. Elle souriait. La fillette s'empara de la main du fermier et la porta à ses lèvres. Lui aussi souriait.

Le cri résonnait encore dans sa tête. Pour toujours, elle se souvenait du hurlement de l'homme lorsque, d'un seul claquement de mâchoires, elle lui avait sectionné le doigt. Elle retrouvait là, à cet instant, le goût terreux de la peau, l'amertume du sang, le jet rouge qu'elle avait craché avec la phalange sciée.

Très lentement, par les narines et la bouche,

Laurence souffla. Il lui semblait que la fumée bleue changeait de teinte et virait au rouge.

Il voulait de l'argent, Pietro ? Pourquoi pas ? Elle en avait, mais elle n'ignorait rien de ce qui arriverait ensuite. Marcellin... Pietro... Et aussi son gendre, ce bellâtre ; intelligent, certes mais un bellâtre quand même. Après tout, pourquoi ne rencontrerait-on pas un mâle intelligent de temps en temps ? Même la nature se trompait parfois. Marcellin, Frédéric, Pietro... Décidément, elle détestait qu'un homme osât l'attaquer. Un seul avait compté, un seul, le père de Marie. Et cet idiot s'était fait dessouder alors que la dernière guerre s'arrêtait en Algérie ; le dernier mort du dernier jour, de la dernière guerre ! Il en fallait bien un... Le seul homme qui lui avait tendu une main. Il arrive ainsi qu'on gagne le gros lot. Heureusement, il restait Marie et Carole.

Le téléphone. C'était Marianne. Son visage perdit ses reflets de banquise. Douce Marianne...

— D'accord, on déjeune.

Inutile de fixer un lieu. Elles savaient où, toutes les deux.

*

Dans Saint-Ouen désert, Colette attendait.

Garée à l'ange Michelet-Rosiers, elle prenait toute la voie en enfilade. Personne ne pouvait sortir des ruelles en échappant à sa vue. Un affût facile, avec peu de monde et peu de mouvement à surveiller entre les stands bouclés.

Depuis la veille, elle ne lâchait plus Marianne d'un pas et découvrait le plaisir de la traque.

L'autre vivait. Elle, Colette, suivait, décalquait chaque mouvement de sa proie, devenait le négatif de Marianne, avec, dans l'immédiat, un bilan neutre résumé par des boutiques de fringues, des restaurants, des galeries d'antiquités. Uniquement des rencontres de femmes.

*

Colette écrasa sa cigarette et mit le contact.

Marianne sortait d'une des ruelles. L'antiquaire avançait à contre-jour dans le soleil, et la lumière dénudait son corps de ses vêtements de toile légère. Décidément, elle aimait la sensualité que l'autre exudait. Rien de pervers, rien de calculé chez elle mais percevait chaque mouvement qui jaillissait de Marianne comme une offrande érotique.

Durant sa détention, sa sexualité cadenassée ne l'avait pas gênée et, très vite, ses compagnes de cellule avaient cessé leurs offres de service. Pour Colette, l'amour se conjugait au masculin singulier. Etonnée de sa réaction elle regardait la jeune femme en marche vers une Fiat garée en aval de l'avenue.

*

Clignancourt, Paris, Barbès.

La voiture de Marianne se lovait dans la circulation distendue de juillet.

Elle passa le fleuve et se gara derrière le Bon Marché.

A pied, Colette suivait cent mètres derrière et lui laissait le chemin libre. Elle la vit entrer dans une boutique aux murs verts. Un magasin d'antiquités au nom de Laurence Villars.

*

La traque comporte des périodes mortes et Colette commençait à trouver le temps long. Elle déjeuna d'un croissant vite acheté dans une boulangerie proche.

Marianne faillit lui échapper. Elle guettait une femme vêtue de toile grège et fut surprise de voir réapparaître une fille à la jupe de soie arrêtée à mi-cuisse, un de ces vêtements qui commencent tard et finissent tôt. Un corsage de dentelles anglaises, très décolleté, dévoilait une poitrine ronde en pleine tentative d'évasion d'une guêpière serrée.

Le safari reprit et la voiture pivota vers Montparnasse. La Fiat se gara devant l'ancien Raspail-Vert. Colette continua sa course à la vaine recherche d'une place de parking. Elle ne trouva rien et se rangea en attente, en double file pour continuer la chasse.

Marianne revenait vers Vavin. De loin, en première, Colette suivait. Elle finit par dénicher un passage piétons pas encore annexé et largua sa voiture.

L'autre avançait de son pas de flâneuse et atteignait un endroit que Colette connaissait. Un restaurant à l'ancienne, avec tables de marbre et desserte centrale. L'enseigne, sur le store délavé, ressortait en lettres rouges : « Chez Bob ».

Tout son corps en alerte, Colette s'arrêta. Pas question d'aller plus loin. Le troquet restait un des rares lieux qu'elle partageait avec Pietro.

Sur le boulevard, elle acheta « Libé » et s'abrita derrière le journal déployé. Protégée des regards, elle attendait.

Elle ne fut pas vraiment surprise lorsqu'elle les vit paraître. Il lui semblait que, depuis sa quête à Saint-Cyr-l'Ecole, tout tendait à l'amener à faire cette rencontre. Marianne Vasseur, accrochée au bras d'un homme, s'éloignait vers le carrefour. Et Colette connaissait ce mufle de bête : la tête de Paul, Paulo le Stéphanois.

Le couple entra dans un hôtel de la rue Vavin.

*

Colette abandonna. Il ne servait à rien de rester là ; elle savait où retrouver Marianne.

Sans se presser, elle revint à sa voiture et reprit la direction du magasin d'antiquités. Elle trouva porte close.

CHAPITRE IX

J'ai revu René Vermont, le défenseur de Marie.

Entretien décevant, le juge d'instruction refuse la liberté provisoire. Pour lui, Marie cache quelque chose. L'ennui, c'est que je le crois aussi.

Loïck a raison, il faut tout reprendre à zéro. Je file au domicile de Frédéric Cheney. Le concierge me toise de haut.

— J'ai déjà tout dit à la police, me dit-elle avec l'accent de Tolède.

J'essaye la séduction castillane, mon jeu de prunelles du Cid. Rien. Vaine tentative romantique, je suis Lorenzaccio. Cause toujours ! Et, comme d'habitude, c'est l'honnête Iago qui l'emporte. J'ouvre mon portefeuille et j'en sors un billet de 100 francs. La bignole bigle sur mon billet et reste impassible. Je fais le pari d'un Pascal. Ça marche. Et j'obtiens un aveu de taille. Au moment du meurtre, elle a vu un homme. De dos, hélas.

— Comment était-il ?

— Large. Comme l'armoire de mariage de ma mère. Vous voyez ?

Je ne vois rien. Je ne connais pas grand-chose au

trousseau des jeunes mariés de la Vieille-Castille.

La gardienne s'échauffe et décrit un bonhomme costaud, vêtu d'un jean et d'un blouson de toile, cheveux bruns bouclés sur la nuque.

— C'est le tueur ? Vous en êtes sûre ?

Hélas, elle n'est sûre que du billet de 500 francs qu'elle tourne entre ses doigts.

— J'ai entendu du bruit, trois fois. J'ai cru que c'était un moteur. Poum ! Poum ! Poum !

Ma générosité me perdra. J'ai droit au bruitage, en plus. A moins que ce ne soit la fille d'un militant du Poum, le vieux parti anarchiste espagnol.

Elle continue.

— Je suis sortie et j'ai vu une ombre aller vers une voiture.

— Quelle voiture ?

— Io no sé.

— Mais si, la marque, le numéro ?

— Io no sé.

Cette fois, le Charité-bizness c'est moi. Deuxième Pascal. Qu'est-ce qu'ils s'intègrent vite, les Espagnols ! Ils entrent seulement dans le Marché commun et ils ont déjà tout compris de ses finesses.

— Une Peugeot verte.

— Immatriculation ?

— Io m'appelle Concepcion, pas Immatriculacion !

J'insiste. Non, elle ne sait vraiment pas.

— Et la police ? Vous lui avez dit tout ça ?

— Bien sour. Eux ça sert à rien de leur cacher, ils ne paient pas. Et, en plus, ça aide de les aider.

— Ah ?

— Si. Ça facilite pour la carte de séiour.

Aide-toi, le ciel t'aidera. Shakespearien, mon cher Watson. Je remercie la brave femme et me retrouve au « National » devant un expresso serré.

Encore un troquet que j'aime bien. Un des hauts lieux de Cagna, près de Nélaton siège du Vél. d'Hiv. aujourd'hui détruit. Ça me rappelle qu'il m'en a parlé l'autre jour, mais comme avec le vieux tout n'est qu'énigme, je crois que j'ai intérêt à remettre la main dessus, ça vaudra mieux.

Le métro aérien fait trembler ma tasse. Second café. En route pour le bureau de Me Cheney. Deuxième étape de mon chemin de croix.

*

Changement de décor. Avenue Kléber dans le 16e. Un immeuble 1900, pierre de taille, larges fenêtres et balcon en fer forgé.

Le cabinet est collectif. Ils sont quatre ténors (ou barytons, va savoir,) du barreau à se partager le loyer et les services diurnes d'une accorte réceptionniste. Elles sont toujours jeunes et accortes, les hôtesses. Qu'est-ce qu'elles deviennent dix ans plus tard ? D'ailleurs je m'en contrefiche, Marie pourrit à Bois-d'Arcy et c'est tout ce qui m'intéresse.

— Je voudrais voir la secrétaire de Maître Cheney.

Jaugé, pesé, emballé, elle me désigne un siège.

— Je vais avertir. Vous êtes monsieur…

— Valois, Didier Valois.

Vanité d'acteur, j'attends une réaction. En vain. Combien d'années ai-je perdu à attendre, un rôle, une femme, Godot ou un bus ? Angoisse... Je plonge dans Hegel et en suis à Kierkegaard lorsque l'hôtesse revient.

— Suivez-moi.

Couloirs, moquettes. Ça sent le luxe des cabinets arrivés, ou la frime de ceux qui ne décollent pas. La moquette au lieu de la notoriété, ça existe. Chez les comédiens aussi, hélas.

Un bureau ministre, immense, en acajou, flanqué d'une table de verre où se tient Janine Forget, la secrétaire de feu Frédéric Cheney. Je connais son nom par Marie. En principe, je suis un inconnu pour elle.

Sans y être invité, je m'affale dans un fauteuil capitonné, au cuir noir patiné.

Visage large, lèvres bien dessinées d'un beau bordeaux des yeux marron, vifs, malins même, derrière des lunettes rondes d'instit style début de siècle, Janine Forget me dévisage, sans un mot. Elle attend.

Je décide de plonger sans précaution.

— Je suis un ami de Marie Cheney et je veux l'aider à sortir de cette tragédie. Pouvez-vous m'aider ?

Ses yeux fixes ne bronchent pas.

— Vous aider... Mais à quoi ?

— A prouver son innocence.

Haussement à peine perceptible de l'épaule droite.

— Ça existe encore les innocents, de nos jours, monsieur Valois ?

— Je ne suis pas là pour faire de la philo mais parce vous êtes la seule personne au courant de TOUTES les affaires traitées par Cheney. Aidez-moi à trouver un fil puisque c'est ici, dans ce cabinet, que Maître Cheney est mort.

Brusque protestation derrière les lunettes rondes.

— Il a été tué en sortant de chez lui !

— D'accord, mais c'est ici, dans ce bureau, que tout s'est noué. C'est fatalement dans un de ses dossiers que l'avocat a conçu et fabriqué sa mort. Il a gêné quelqu'un, c'est évident.

— Pourquoi voulez-vous que ce soit obligatoirement une affaire professionnelle ? Qui vous dit que ce n'est pas une histoire de cœur ? De lit ? De cul... comme on dit si joliment aujourd'hui ?

A mon tour de marquer l'étonnement.

— Voyez-vous ça...

Mais elle me coupe.

— Ainsi, vous, Didier Valois, vous étiez l'amant de Marie...

Malgré mon expérience de la scène, j'accuse le coup. Mes mains deviennent moites et je sens le rouge me monter aux joues.

— Mais, mademoiselle...

— Silence !

Elle se dirige vers un clavier d'ordinateur qu'elle tapote très vite. La machine tourne. Janine Forget détache le listing et me tend quatre feuillets.

La foudre. Tout y est. Mon histoire avec Marie, racontée en long, en large et en travers. L'amour de ma vie, en miettes, gravé au laser par IBM ! Rien n'y manque, rien, pas un rendez-vous, pas une escapade, pas un déjeuner. A croire que l'un de nous a écrit ses mémoires après chacune de nos rencontres.

— Comment ?

— Il vous a fait suivre, jour et nuit, depuis le

début. C'était une de ses manies, à Frédéric le Petit, enquêter, toujours enquêter, sur ses proches, ses rivaux, ses clients. Un flic dans l'âme, voilà ce qu'il était.

— Comment a-t-il su ?

Son regard se fait plus dur.

— Il n'y a que les cons et ceux qui ne veulent pas le savoir qui ignorent le comportement de leur partenaire.

— Les flics sont au courant ?

— Non, je ne leur ai rien dit. Si je parle, vous rejoindrez Marie illico, mais pas dans la même cellule. En prison, aussi, les amoureux sont seuls au monde.

Soudain, elle craque, allume une cigarette, l'écrase aussitôt et se cache le visage dans les mains.

Dans ma tête, aussi, ça tourne à toute vitesse.

— Un témoin a vu un homme sortir de l'immeuble au moment du meurtre. Un homme, comprenez-vous, pas Marie, et c'est lui que je cherche.

— Et si c'était vous ? Frédé mort, vous aviez enfin Marie pour toujours. A qui profite le crime ? Aussi ancien que le premier meurtre. Cherchez la femme... Aussi vieux que le premier polar.

Le « Marie pour toujours » m'effraie soudain. C'est long « toujours » et qu'est-ce que ça veut dire lorsqu'il s'agit d'amour ?

Je crie :

— Non ! Ce n'est pas moi ! Et, de plus, je ne peux pas le prouver. Me croyez-vous ?

Elle fait oui de la tête.

De nouveau son briquet claque.

— Oh, pardon.

Janine me tend des Gitanes. J'aime les femmes qui fument vraiment et non la paille stérilisée des blondes. Nous fumons en silence et un nuage épais stagne dans la pièce.

D'un doigt, elle relève ses lunettes sur le front. L'œil est marron clair, presque topaze sous des sourcils à peine effilés. Beaucoup de charme, Janine Forget. Elle ferait une belle Desdémone avec cette voix qui s'affaisse sur les graves.

— Je veux la peau du tueur et j'ai une vague idée sur sa personne.

— Qui ?

Haussement d'épaules de la belle instit.

— Avancez d'abord vos recherches, parlez-m'en et je vous aiderai.

Un temps. Elle ajoute, la voix presque inaudible :

— Je le jure.

On se croirait au tribunal. Et je réalise soudain que c'en est un.

Elle répète.

— Oui, il me faut le tueur. J'aimais Frédéric Cheney et je n'étais pour lui que sa secrétaire. Rien d'autre. Je ne vous connaissais que par lui...

Son doigt désigne l'ordinateur.

— Et j'espérais que Marie partirait avec vous. O, combien de fois l'ai-je souhaité, combien...

La voix dérape de nouveau.

— Vous étiez, Marie et vous, mon seul espoir. Moi, je ne voulais que Frédé, c'est tout. Problème personnel, voilà.

De nouveau les Gitanes, de nouveau le briquet.

Curieux, on se sent bien dans ce bureau envahi de fumée grise.

— Que savez-vous de l'affaire Fabrette ?

Elle émerge de son rêve et de son nuage tabagique. D'une main, elle rabat ses lunettes.

— Encore ? Vous faites fausse route, Didier Valois, comme les flics. L'affaire Fabrette n'est pas liée au meurtre.

— Peut-être, mais nombre de gens courent après un dossier concernant Fabrette et Chomel. Le saviez-vous ? Et êtes-vous à même de juger de ce qu'il contient ?

Ses doigts interrogent le clavier de l'ordinateur. Elle me tend la réponse inscrite sur une feuille : « Fabrette. X.Y.Z. »

— Qu'est-ce que ça veut dire ?

— C'est un code interne. Il signifie que l'affaire Fabrette n'était pas de mon ressort. Domaine réservé du patron. Contrairement à ce que vous croyez, je n'avais pas accès à tout.

Je la suis dans une minuscule pièce voisine, sans fenêtre, où trône une seconde bécane, un engin gris à l'écran brillant.

— L'ordinateur personnel de Frédéric Cheney. Je n'y touchais jamais.

— Pourquoi ?

— Lui seul en possédait le code d'accès.

— On ne peut pas savoir ce qu'il contient ?

— En principe, les logiciels sont inviolables, en principe seulement sinon la piraterie informatique n'existerait pas. Je crois, en outre, que les flics pourraient y accéder. Ils ont tous les spécialistes du monde à leur disposition.

— Pourquoi ne l'ont-ils pas fait ?

— Ils ont paré au plus pressé et se sont contentés

de ramasser la paperasse du cabinet. Faites-leur confiance, lorsqu'elle sera dépouillée, ils s'intéresseront à la machine. Ça ne tardera pas.

Sur un mur, un rayon de bois supporte quelques livres. Association hétéroclite d'une *Psychologie du joueur d'échecs,* d'un *Livre du ça* de Groddeck, au milieu de dictionnaires divers et d'un recueil de Desnos, *Chantefables et Chantefleurs.*

— Il jouait aux échecs, Frédéric ?

— Oui. Il fréquentait un club et une librairie spécialisée de la Rive gauche. Je ne sais rien de plus là-dessus.

Je prends congé et me retrouve, perplexe, dans l'avenue Kléber. Un fiasco de plus. Mais, cette fois encore, j'ai conclu une nouvelle alliance. Je possède maintenant une véritable Triplice avec Laurence, Chomel et Janine Forget. Tout le monde m'adore, mais trop c'est trop et je n'aime pas ça. On dirait que l'on veut me neutraliser. J'ai, au moins, deux amis en surnombre. Mais lesquels ?

*

Le jardin flambait sous le soleil de juillet.

Allongé au bord de l'eau, à l'ombre d'un frêne, Pietro essayait de compter les feuilles délimitées par une fourchette de branches. De nouveau, il jouait.

— Si j'en trouve plus de cent, je gagne.

Pour la énième fois, il essayait, se trompait, recommençait. Rouge, noir. Des éclats de ciel bleu, des sautes de vent brisaient sa martingale de feuillage. Vert, bleu. Rouge, noir.

Il changea de jeu et, à quatre pattes, se mit à

ramasser les graviers du chemin. Blanc, gris... Je prends les blancs. J'en ramasse dix au hasard. Huit, neuf, dix...

De son poing serré, il tira les cailloux, les aligna. Cinq blancs, cinq gris. Egalité ! son pied fit voler les gravillons. En trottinant, il courut vers le pavillon.

Du frigo, il sortit deux boîtes de bière et revint s'affaler sous son arbre. Les deux dernières journées le laissaient sans force. L'équipée de Deauville, l'argent envolé, son entretien avec Laurence, lui procuraient un goût de débâcle. Perdre ? Soit. Mais pourquoi être stupide de surcroît ? Non, il n'était pas débile et le savait, pas plus qu'il n'ignorait que son intellect n'avait rien à voir dans son comportement, dans cette course à la destruction, avec comme alibi, le jeu. Tue-toi, idiot ! murmurait en lui une petite voix. Pas question, ça irait trop vite, répondait un écho.

Adossé à l'arbre, yeux fermés, il sentait l'air embaumer, entendait le bruit de la rivière. Sous ses paupières closes, des images venues de loin accouraient. Sa maison familiale, St. Cyr-l'Ecole, Rome, Paris. Une confusion de sons, de visages, de couleurs. Il n'en avait parlé qu'à Colette. Elle l'avait écouté et avait répondu par une phrase qu'il n'avait jamais oubliée : « Nous avons tous été couchés dans des lits de Procuste, et bien peu d'entre nous se sont rendus compte de ce qu'on a fait d'eux[1]. »

Il se foutait de Procuste et de son mobilier. Il ne connaissait et ne vivait que dans son chaos personnel avec, toujours, pour rétablir l'équilibre, la voix bien connue.

1. R. Laing.

— Faites vos jeux ! Rien ne va plus.

Rien n'allait plus, en effet. Qu'est-ce qu'elle faisait, Laurence ? Pourquoi n'appelait-elle pas ? Il n'aimait pas le marché qu'il lui avait proposé. Le chantage ce n'était pas son truc, mais avait-il le choix ? Contrat simple, Laurence lui versait cent mille francs et il disparaissait pour toujours. Décidément, il n'était pas fait pour ce genre d'affaires. Douze ans... Non, quinze, qu'il connaissait Laurence. Sans elle, il en serait encore à dégrossir des blocs de pierre. Tout avait débuté par une phrase anodine.

— J'ai besoin d'un Jacob, un bahut « à la chinoise », pour un émir. Tu ne peux pas me trouver ça ?

— Un Jacob ? Faudrait le voler.

Il se souvenait encore de son rire.

— Eh bien, vole-le !

Dérapage, il avait volé. Un bahut, deux tableaux, trois statues...

La deuxième bière avalée, il lança la boîte droit devant lui et la vit s'enfoncer dans l'eau verte.

Le téléphone... Non, une voiture sur le chemin de halage s'arrêtait à cent mètres. Des promeneurs, sans doute,

— Je vais l'appeler.

Il laissa sonner longtemps. Personne. Frigo, bières, jardin au bord de l'eau. La fraîcheur du crépuscule ne le réveilla pas. Lorsqu'il ouvrit les yeux, une lune d'émail brillait entre les feuilles devenues noires. Blanc, noir. Comme la silhouette qui avançait vers lui. Un gaillard vêtu d'un pantalon sombre et d'une chemise claire en mouvement sur le chemin de la berge.

*

Un jet de lumière en pleine face lui fit cligner les yeux. Pietro se leva.

— Qu'est-ce que...

Un poing de fer arriva dans son estomac. Il plia en avant et son front heurta le genou levé de son adversaire.

Pietro sentit son nez se boucher brutalement puis couler en saccades lentes. Il porta la main à la figure. Rouge, sang.

D'instinct, il retrouva une position de combat et se mit en garde. Il ne vit même pas le mouvement de faux que la jambe droite de son adversaire dessinait dans la nuit. La tête de Pietro heurta la base du frêne. Tout devint rouge. Puis noir.

*

C'était humide et frais. Pietro sentait l'eau ruisseler sur son visage et calmer les brûlures de sa peau.

— Tu vas mieux, mon gros ?

La voix. La voix du Stéphanois. L'autre appuya sur la trachée de Pietro et l'oxygène se raréfia aussitôt dans ses bronches.

— Réponds ou je te noie.

Paul ouvrit la main. Pietro grogna et inhala à fond l'air frais de la nuit.

Le nez dans l'herbe, l'Italien attendait. Seule Laurence avait pu envoyer là ce fauve à face de fauve. Salope ! Il remua la nuque et souffla par le nez un jet de sang et d'eau.

— Si tu bouges, je t'achève.

Ils étaient sur la berge et Pietro savait que personne ne passait là à la nuit tombée. Les dragueurs du secteur connaissaient des coins aussi tranquilles sur les hauteurs de La Ferté. Les bords de rivière c'est bien le jour, pas la nuit. Trop humide pour s'allonger dans l'herbe.

Le Stéphanois s'affairait, tirait des objets d'un sac de plastique. Une lampe de poche posée dans l'herbe diffusait une lumière rasante.

— Enfile ça.

L'autre dut l'aider à se redresser pour passer un harnais de cordes qu'il boucla sur la chemise par un mousqueton. Dans le dos, un anneau d'acier, comme sur les trenchs anglais, liait les fils de chanvre.

— Je me suis souvenu que tu aimais la pêche. Et tu diras que je ne suis pas un copain ?

Du pied, il poussa Pietro dans l'eau. Le harnais, accroché à une chaîne par l'anneau dorsal, maintenait le flambeur à l'horizontale, à dix centimètres du niveau de la rivière. Les maillons d'acier coulissaient sur une poutrelle de bois plantée à la verticale, pour les pêcheurs du coin.

— Qu'as-tu fais du fric que tu me dois ?

— J'attends que Laurence me le donne.

Il n'y eut pas un autre mot d'échangé. Une gueuse de fonte vint s'accrocher au mousqueton ventral et le visage de Pietro plongea dans le courant.

Seul le bruit de la chaîne et sa respiration haletante résonnèrent lorsqu'il le remonta.

Pietro ressemblait à un apprenti nageur qui tenterait ses premières brasses. Il battait l'air de ses mains ouvertes, crachait, pleurait. Une pluie fine giclait de ses vêtements et créait de minuscules échos brillants à la surface de la Marne.

— Où est mon fric ?

— Tu ne me croirais pas si je te le disais.

— Dis toujours.

— J'ai perdu au jeu et Laurence...

La chaîne glissa. Le corps de Pietro déclencha des remous blancs lorsqu'il se plaqua sur l'eau. La tête s'enfonça, disparut.

Une colonne de bulles remonta du fond. Une à une, les billes d'air éclataient à la surface et se raréfiaient.

Bruit de chaîne. Le corps du supplicié ressemblait à une planche. La tête pivota vers la berge. Pietro éructa et vomit.

— L'argent ?

Une musique sortit de la nuit, rythmée par des roulements de grosse caisse. Des lumières s'allumèrent derrière les arbres. Une multitude de loupiotes, créées par son imagination, se promenaient sous une ligne de peupliers ; une ville entière venait à sa rescousse. Mais, un à un, les lampions s'éteignirent. Il replongea dans sa nuit. Noir.

— L'argent ?

Pietro essayait de se maintenir en vie, d'aider son cœur qui s'affolait. Colette ! Son image, à son tour, perçait les ténèbres. Elle arrivait en courant, lui tendait la main. « Nous avons tous été couchés... » Dormir, oui, Colette, s'allonger et dormir.

— Colette !

La voix du Stéphanois le ramena au réel :

— Quoi, Colette ? C'est elle qui a le fric ? Le Gargallo n'a pas suffi ?

Il renonça au combat lorsque sa tête plongea de nouveau. Il suffoquait, remontait, reprenait souffle et tendait une plaque vers le croupier. Le rouge. Cent mille sur le rouge. La bille tournait sur un cylindre noir. Plus de rouge, envolé l'écarlate et le carmin, fini la pourpre et l'or. Une roulette truquée. Toute sa vie il avait joué avec des tricheurs. Oui, le jeu était truqué, dès le départ et lui misait, chez des berlandiers diaboliques, sur des roulettes sans rouge. Il n'y a plus de rouge, Colette, plus rien.

— Colette !

Le cliquetis de la chaîne scia la nuit. Une voix tonna :

— Le 34 ! Noir ! Impair et manque !

Tout devenait noir, noir, noir.

*

La pêche en juillet, au petit matin, reste un sport génial. Et le vieux qui lançait sa ligne, ce jour-là, pensait qu'il s'agissait d'une invention du bon Dieu.

Lorsque son bouchon s'enfonça et que le fil cassa, il jura d'abord et se dit qu'il devait y avoir un sacré morceau dans le coin.

Il changea de ligne. Le flotteur coula. Prudent, il s'arma d'une épuisette et avança dans l'eau. Il sentit son filet s'amarrer à un corps lourd. Ce n'était pas un brochet, sûr. Trop tôt dans la saison. Et puis ça bouge bien davantage. Très lentement, il tira. Dieu, qu'il était lourd l'animal. Un couple passa, s'arrêta pour regarder.

— Oh, donnez-moi la main, vous autres ! Je crois que je tiens un oiseau rare.

Ils s'y mirent à deux pour hisser sur la berge un objet qu'ils regardèrent d'abord incrédules. Puis la femme poussa un hurlement et s'enfuit. Son compagnon la rejoignit au pas de course tandis que le vieux, cul dans l'eau, appelait au secours.

L'épuisette contenait une tête humaine. Les pompiers remontèrent la partie manquante et la tête retrouva son corps. Le vieux, lui, pensait que la pêche pouvait aussi être une invention du Diable. Et c'est ainsi que, parfois, les plus endurcis perdent la foi, se dit-il, et s'orientent vers les sectes.

CHAPITRE X

Bonheur ! Neurone et Ophélie reviennent. Des dissensions dans leur colonie de vacances les ont fait rentrer plus tôt que prévu.

Retour au Royal-bougnat avec, aussi, Loïck encore partiellement momifié. Retrouvailles enthousiastes devant des tripoux. C'est autre chose que du fla-fla aux petits légumes. Le Cornas chante, les copains sont là. La vie serait douce si Marie... Que faire de son absence ? Faire avec, bien sûr.

Neurone raconte ses déboires de vacances et sa mésentente totale avec les écolos du groupe.

— C'était quoi, articule Jean-François, la bouche pleine, des écolos des villes ou des écolos des champs ?

— Quelle différence ?

— Ceux des villes polluent au super et ceux des champs au gazole. De toute façon, exit des écolos qui confondent un chêne et un arbre à cames ; ni les uns ni les autres ne savent d'ailleurs différencier une laitue d'une romaine. Marre, des donneurs de leçons !

Le vin descend. Loïck raconte son agression à Neurone.

De son comptoir, Fernand me fait signe.

— On te demande au téléphone.

Je fonce à la cabine. C'est René Vermont le défenseur de Marie.

Enfin, ça bouge ! Le bavard m'annonce que Marie sera libérée demain matin mais qu'elle restera sous contrôle judiciaire.

*

Neurone offre une tournée pour célébrer l'événement. Je bois peu, coincé entre la joie et la méfiance. Il faudra bien, cette fois, que Marie s'explique. Les autres sentent mon malaise. La fête tourne court et chacun regagne ses pénates.

*

Bruit de pas sur mon palier. L'intrus a dû bloquer le doigt sur la sonnette pour déclencher un boucan pareil. Je crie : Assez ! et me précipite vers la porte. La leçon des géants m'a suffi et je mets l'entrebâilleur.

Encore une fois, ils sont deux, mais visiblement font partie d'une autre tribu d'Indiens que les Apaches d'Horace. L'un des zombies me tend une carte : Police.

Pas le choix, j'ouvre. Ils entrent. Grands, calmes, sûrs d'eux. Police... La seule autorité moderne qui a tout appris, et rien oublié, chez les Russes, les Chleus, les Amerloques ou les Zoulous. Elle règne sur le monde, ajoutant aux caractéristiques nationales, voir nationalistes, l'expérience des Kempetei, Tchéka, Gastapo et autres brigades des aveux spontanés et du sourire forcé.

Je prends le ton de Gérard Philipe dans *Le Prince de Hombourg* et joue au jeune premier fringant.

L'un de mes visiteurs porte une veste bleue et se présente : Commissaire Alain Dubois. Il désigne son collègue de la main.

— Mon adjoint, Albert Belmain.

Je me souviens de la description de ses enquêteurs que m'a faite Marie, et du nom de Dubois. Qu'est-ce qu'ils font chez moi ?

Je leur désigne le divan. Réminiscence. Sur leur image se superposent les gueules d'Horace et de Joseph. Je n'aime pas, mais pas du tout.

Belmain attaque le premier.

— Depuis quand connaissez-vous Marie Cheney ?

Enfin, on y est : je me sens presque soulagé. Je vais peut-être pouvoir crever l'abcès.

— Qui est Marie Cheney ?

Dubois semble s'éveiller.

— Monsieur Valois... Je vais vous confier un secret : je suis flic. Ça veut dire que je suis payé, fort mal d'ailleurs, pour faire respecter la loi. En fait, je suis, selon une expression à la mode, un éboueur et je trouve tous les jours que le diable fait, dans ma poubelle, des tortionnaires d'enfants, des assassins de vieilles dames, des dealers de merde, des diplomates, des violeurs, des mal-dans-leur-peau, des bien-dans-leur-mal, des religieux fanatiques, j'en passe et des meilleurs, et, par hasard, aujourd'hui, apparaît dans mon immense tas d'ordures un certain

Didier Valois. Je me fous de votre existence, de celle de Marie Cheney, et de ses semblables. Un homme est mort. Assassiné. Et mon rôle consiste à trouver le coupable. Je n'y mets aucune haine, je n'en tire aucun profit et, en fin de compte, je m'en fous, mais je suis flic, c'est clair ? Et vous, Didier Valois, de gré ou de force, vous allez m'aider.

— Et si je refuse ?

Il s'est levé, Dubois, et a marché sur moi. D'instinct j'ai reculé d'un pas. Je me suis senti aussi nu que ce Chinois inconnu de Tien Anmen, seul devant sa colonne de tanks.

— Vous pouvez refuser, c'est votre droit, mais permettez-moi de vous confier un autre secret... Il vaut mieux être avec moi que contre. Pigé ? Refusez, pour voir...

Je pige.

— Qu'attendez-vous de moi ?

— Parlez-nous de Marie. Ne me dites pas que c'est votre sœur ou je commence par vous boucler pour inceste. Question : d'après vous, que pense un flic devant l'amant d'une femme dont le mari a été assassiné ?

Comme un idiot, je crie :

— Ce n'est pas moi !

Le duettiste, Belmain, éclate de rire. Mais pas un mot ne sort de sa grande bouche.

Dubois ne pipe pas et continue comme si son acolyte était aux abonnés absents :

— Même les parents de Frédéric Cheney connaissaient votre liaison. C'est par eux que nous l'avons apprise. Marie voulait divorcer pour vous épouser, c'est bien ça ?

De nouveau, je replonge dans une ère de glaciation. Je ne veux pas épouser Marie. Je vais le dire à ce poulet-éboueur. Mais ça ne passe pas et je me contente de secouer négativement la tête.

L'autre ne me lâche pas.

— Voilà ce que je crois, monsieur Valois. Je pense que vous n'êtes pas le meurtrier mais que vous le connaissez. De toute façon, pour moi, vous êtes le détonateur de cette affaire. Je crois aussi que vous couvrez quelqu'un. Mais qui ? Marie ? Son entourage ?

— Pourquoi son entourage ?

— Parce qu'il est toujours impliqué dans une mort violente. Toujours. Sauf contrat, style maffieux, ou bien crime gratuit, ça existe parfois, c'est toujours dans l'entourage du mort qu'on trouve l'assassin. Regardez moins les séries policières de la T.V., Didier Valois, elles sont toutes récurrentes, interchangeables et chiantes comme la mort, et lisez davantage les faits divers. Et maintenant, parlez-moi de Marie.

Je raconte la femme de ma vie. Je la décris, je la découvre, je me découvre. Les flics m'écoutent, posent parfois une question, interrogent sur Léa, sur Laurence, sur les parents de Frédéric, sur sa secrétaire. Et je m'aperçois qu'ils savent tout de mes mouvements depuis l'arrestation de Marie.

— Vous m'avez suivi ? Mais je n'ai rien vu !

Belmain ricane. Dubois sourit.

— Simple routine, réactions pavloviennes élémentaires. Nous sommes bien dressés, on n'est pas des génies mais simplement des chiens ; policiers bien entendu, ajoute-t-il en riant.

Les flics se lèvent, prennent congé.

Dubois revient.

— J'oubliais... Pas de voyages sans mon accord. O.K. ? Salut !

Comme s'il avait oublié...

*

Le soleil descendait dans l'impasse du Moulin-Vert et l'ombre du pavillon s'allongeait sur le gazon hirsute.

Colette remettait sa maison en état. Ses mains effectuaient des gestes quotidiens mais rien de ce qu'elle venait de vivre ne quittait son esprit. Elle restait bouleversée par sa découverte : le lien entre Marianne et le Stéphanois. Le couple formait les rayons d'une même roue où, semblait-il, Pietro était le pivot.

Le domicile de Marianne restait inconnu pour elle, mais Colette savait désormais où la retrouver. Les Puces et cette boutique d'antiquaire, près de Raspail, devenaient un morceau du fil qu'elle tentait de renouer.

*

Le sac en bandoulière sur une veste légère, Colette traversa le jardinet et ouvrit la porte. Une ombre, vaste comme la misère, l'obligea à reculer. Le Stéphanois lui barrait le passage.

D'un rapide déhanchement, elle essaya de contourner l'obstacle. La main de Paul se referma sur son coude. Il la fit pivoter. D'un mouvement de tête, il désigna la maison.

— Viens, nous parlerons sans témoin.

Sa main libre entrebâilla sa veste et se posa sur le pistolet passé dans sa ceinture.

*

Le Stéphanois lui désigna le canapé. Elle se posa sur le bord, prête à bondir.

— J'ai soif, qu'est-ce qu'on boit ici ?

La jeune femme tenta de se lever. Elle ne vit pas la gifle venir et s'écroula tête en avant.

— J'ai dit « qu'est-ce qu'on boit » et non « lève-toi ».

Elle prit appui sur une main et tenta de se redresser. Sa joue brûlait et, de ses doigts serrés, elle massait lentement sa pommette.

— Pas un geste ou gare !

Dans le frigo, il s'empara d'une bouteille d'eau gazeuse qu'il décapsula dans la gâche d'une porte. Il but à longues gorgées. Sa main eut un geste de lanceur de grenades et le flacon vide vola vers la glace rectangulaire posée sur la cheminée.

L'image du vase d'albâtre fracassé à Honfleur refit surface dans la mémoire de Colette. Sur le mur, le miroir éclaté devenait une rose des vents dirigée vers tous les horizons. Colette ne put s'empêcher de penser à ce qu'avait dit Pietro un jour de malchance où, sans le vouloir, il avait brisé un miroir de poche.

— Chic ! Plus que sept ans de malheur !

La voix du Stéphanois la tira de sa rêverie.

— Où est le scotch ?

— Dans le bahut, derrière vous.

— Apporte-le.

Position verticale. Elle fit un pas. Il tendit une jambe. Colette s'écroula, jupe relevée.

— T'as de belles jambes, dis donc. Il ne s'ennuyait pas ton Pietro. Alors, ce whisky ?

La bouteille posée sur la table, elle chercha un verre.

— Approche.

Les doigts de Paul crochèrent dans la chevelure de la jeune femme. Sous la douleur soudaine, elle cria.

— Je ne t'ai pas demandé de verre.

De la main ouverte, il la repoussa et but au goulot deux gorgées de whisky.

— Tu réponds à mes questions, vite et bien. J'ai vu Pietro.

— Où ? Quand ?

Le poing du Stéphanois lui ferma un œil. Elle sentait quelque chose d'inconnu, quelque chose d'énorme se former dans son ventre, grandir, monter en elle et exploser dans un sanglot muet et sans fin.

— Tais-toi !

Ongles en avant, elle bondit. Sa cible se situait de chaque côté du nez du bonhomme, dans ces deux yeux gris semblables à deux morceaux de verre sans expression. Il para de l'avant-bras et ses doigts happèrent, au passage, le col du corsage. Le bruit du tissu déchiré s'échelonna dans la chambre. Il semblait, à Colette, que ce craquement ne finirait jamais. D'une seule main, il lui bloqua les poignets. De l'autre, il acheva d'effilocher le chemisier puis, d'un seul mouvement, arracha son soutien-gorge.

Il se tenait devant elle, légèrement de côté. Du tranchant de sa chaussure, il lui cisailla le tibia gauche.

Un hurlement jaillit enfin de sa gorge bloquée.

La douleur irradiait dans toute sa jambe et Colette oublia tout pour ne plus être que cette pointe qui la transperçait tout entière.

De sa main libre, le Stéphanois la déshabillait. Chaque pièce de vêtement se retrouvait en lambeaux au bout de ses griffes et Colette sentait la force irrépressible de son ennemi dans chacun des gestes qui la dénudaient. Sous son poing fermé, elle s'écroula sur le divan. Pour la première fois, elle découvrait sur sa peau nue le contact froid du cuir.

Le visage collé aux coussins, elle ne voyait plus son adversaire mais entendait le glissement de la bouteille déplacée sur la table, le bruit qu'il créait en buvant.

— On cède plus vite lorsqu'on est nu, prétendaient les gestapistes, et je leur fais confiance. Tiens, bois.

Le corps en attente, elle restait prostrée et ne se redressa que lorsqu'il versa une giclée de scotch sur ses épaules. Il approcha le goulot de sa bouche, bloqua son nez entre ses doigts et l'obligea à boire.

— Debout !

Dents serrées, elle se redressa complètement. Il avait le regard d'un acheteur de bétail.

— T'as de la chance, tu ne me plais pas. Marche.

L'ordre de mouvement n'arriva pas à ses pieds.

— Marche !

Ses muscles tétanisés refusaient d'obéir.

Le Stéphanois se baissa, ramassa sur le sol une des

aiguilles de verre issue du miroir brisé. Sa main se tendit vers le dos de Colette et une longue balafre rouge se dessina sur la peau de son dos. Elle cria.

— Dernier avertissement. Tu vas me dire où se trouve l'argent que Pietro t'a confié.

— Je n'ai pas vu Pietro depuis onze mois.

— Tu mens.

— Non ! Je le jure, non !

— J'ai rencontré Pietro, hier. Il m'a tout raconté et je sais qu'il t'a confié l'argent du casse, le fric que lui a remis Laurence en échange des statues. C'est toi qui l'as, ce blé. Je tiens ton salaud de mari et je te laisse le choix de décider. Ou tu parles ou je lui fais la peau.

Il reprit le morceau de miroir.

Le dos de Colette se constella d'un tatouage de sang.

Oubliée l'humiliation des coups, oubliée la dépendance que créait sa nudité, oubliée la douleur, elle ne sentait plus en elle qu'une immense et ridicule envie de pleurer. Une seule chose pouvait la sortir de ce gouffre, une seule, la mort de cet homme. Rien d'autre. Sa mort.

Paul fut surpris par sa vitesse. Elle aussi fonçait vers le sol, s'emparait d'un couteau de glace, pivotait et le poignardait de toutes ses forces. Son pied dérapa, et elle passa à gauche du cœur. Le stylet de verre déchira la chemise du Stéphanois et érafla sa peau. Elle reçut une masse au visage. Son corps frigorifié ne sentait plus la pointe de verre qui courait sur sa peau. Elle cria.

Elle criait encore lorsqu'une ombre se pencha sur elle.

— Allons, calmez-vous, vous ne risquez plus rien. Je suis Vilma, votre voisine.

Une femme se tenait près d'elle. Colette reconnut l'occupante du pavillon mitoyen. Classique voisinage parisien, elle la connaissait à peine, bonjour, au revoir.

L'autre cherchait un vêtement, trouvait un peignoir d'éponge dans la salle de bains.

— J'appelle la police.

— Non, pas la police, surtout pas.

La curiosité alluma une étincelle dans le regard de Vilma.

— Comme vous voudrez, mais vous ne pouvez pas rester comme ça, j'appelle un médecin.

Elle entraîna Colette dans la salle d'eau et l'aida à se rafraîchir. La rougeur de sa peau ne s'atténuait pas et deux vilaines bosses se formaient sur les pommettes. Son dos saignait.

— Comment êtes-vous arrivée ici ?

— Je rentre à l'instant et j'ai entendu crier. Je suis venue. L'autre m'a repoussée et s'est enfui aussitôt.

Le médecin arriva enfin et la fit conduire à l'hôpital.

CHAPITRE XI

Surprise du jour, Cagna m'attend devant ma porte.

— Je veux te parler, marchons.

En route vers le fleuve. Le vieux avance à son rythme et nous descendons vers le quai de Grenelle.

Rue Nélaton. Cagna s'immobilise. On dirait un chien d'arrêt. Il aspire de courtes goulées d'air et semble à l'écoute de bruits que lui seul entend.

Du menton, il me montre les blocs de béton qui font face au métro aérien.

— C'était là, le Vél. d'Hiv. T'as entendu parler... mais tu sais pas c' que c'était. J' peux dire que j'y ai passé ma vie. Imagine... Le ruban de sapin de la piste, les falaises des virages relevés à 40°, les tronches sur les gradins, les gapettes vissées sur les crânes, la foule des « Six-Jours » comme la mer en mouvement, ça marche sans avancer, la houle ; les kils de rouge et le saucisson avec les mémés qui apportaient les musettes à leurs hommes. Ils venaient à l'ouverture et restaient là, jusqu'à la fin, six jours durant, tu entends six jours. C'est tout juste s'ils pissaient pas sous eux, avec seulement un petit roupillon pendant les heures creuses lorsque les coureurs, vêtus de jambières de laine et de bonnets rigolos, tournaient au ralenti, les écureuils qu'on les appelait, ces champions. Et le soir venu, les sprints recommençaient, et les cris, et la voix de Berretrot, le spiqueur, quand il faisait ses réclames : « Si vous les aimez bien roulées... Papier à cigarettes, O... C... B... ! »

« Tu vois 15000 gueules mêlées, des titis, des prolos, des artistes, des jules en smoking, des comtesses à perlouzes, des macs et leurs dames, et tu entends 15000 voix reprendre en chœur sous la verrière... Hoo... Céé... Béé !

« Elles tremblaient, les vitres, là-haut, j' te jure. Et là, sur la piste... les gars qui s' tiraient la bourre, dans les chasses, à fond la caisse dans les virages, bicause les primes. T'avais le « Train bleu », les aristos du peloton, la maffia des stars qui décidaient de la course puis venaient les gagne-petits qui galéraient derrière pour faire le spectacle. Et l'odeur... L'odeur des « Six-Jours », faite de poussière, de fumée, de sueur, odeur de peau, parfum de pharmacie des coureurs soignés dans leurs cagnas. Je leur dois mon surnom. Oui, Didier, j'ai tout connu ici, des potes, des femmes, oui, monsieur, des femmes... des salauds et des mecs comme ça ! »

Le vieux lève le pouce d'un César de cirque.

— Le Vél. d'Hiv. c'était le ciel, le globe, le cosmos, tout quoi. Non, tu peux pas savoir... Tiens, regarde, ils sont encore là, les écureuils dans leur cage. Ecoute, Henri Garat qui pousse la chansonnette sur la pelouse, dans la brume bleutée en suspension sous les lampes à arc :

Ça fait pas chic une casquette,
Ça donne le genre malhonnête
. . . .
Ça joue du poing, d' la tête
Et du chausson,
Un mauvais garçon...

ou encore Georges Milton, Bouboule, tu connais pas ? M'étonne... qui faisait lever les gradins avec « C'est pour mon pa... pa... ! »

« Toute la vie du monde a roulé là, toute, j' te dis. Thorez, La Rocque, le grand Jacques, c'est comme ça qu'on l'appelait, cette salope de Doriot ! Blum, aussi. Puis les collabos sont venus, les nationalistes français, amoureux avant tout de la nation chleue, qui voulaient libérer Paris des Allemands en défendant Berlin contre les Russes, vieille logique confuse de la droite-extrême. Ça hurlait pareil qu'aux « Six-Jours », mais c'était à la mort qu'ils gueulaient, Henriot, Déat et les autres ; c'était pas la trépidation vivante du sport, du catch d'Henri Deglane, des sprints de Carrara ou des trémolos de l'accordéon qui chantait les guinguettes. Et puis, il y a eu la rafle des Juifs et des p'tits mômes. Et, depuis, quand j' vois un képi, je change de trottoir. Basta ! Faut qu' j' te cause. »

Cagna traverse le boulevard, entre chez Routis.

— Viens, on va s'en j'ter un.

Un verre, deux. J'attends. Le vieux souligne chaque gorgée d'un claquement de langue.

— C'est du bon, dis donc.

J'attends. Je connais le rituel.

— « Comme je descendais les Fleuves impassibles... »

Cagna s'interrompt, fait signe au garçon. Ses yeux deviennent plus brillants. Ça y est, j'ai droit à Gym-cerveau.

— « Je ne me sentis plus guidé par les haleurs... »

Nouvel arrêt. Adieu Rimbaud, le vieux déraille.

— 61 GNW 14, HAM-KZ 42.

— Qu'est-ce que tu racontes ?

— Tu ne m'écoutes pas, Didier. J' viens de te dire que je n'aimais pas les flics et j' veux pas leur causer. J'hésitais à en parler, mais t'es un pote et j' veux t'aider avec ta Marie. Le jour où l'avocat est mort, j'ai vu quelqu'un sortir de la maison où il créchait.

Fasciné, j'écoute.

— Remarque, ça veut rien dire, c'était peut-être un visiteur innocent.

Je vide mon verre, cul-sec.

— Continue.

— Le gars est monté dans une voiture.

— Une Peugeot ?

Cagna ouvre de grands yeux.

— T'étais là ?

— Mais non, ballot, continue.

— T'as gagné, une Peugeot 61 GNW 14, mais y' avait aussi une Mercédès, HAM-KZ 42.

J'ai envie de lui sauter au cou, à mon vieux pote.

— Et maintenant, à tes bras de faire, comme disait Lapébie lorsqu'il passait le relais à son équipier qu'était pas manchot. A boire, fait soif.

Et le vieux repart dans ses exercices de mémorisation : « Comme je descendais les Fleuves impassibles... »

Je suis trop ému pour l'écouter et j'arrête son discours.

— Pourquoi ne m'as-tu rien dit avant ?

— Pour aider la poulaille ? Plutôt crever.

Il fait signe au garçon et montre son verre vide.

*

Cagna titube légèrement lorsque je le ramène chez lui. Il me fait des adieux émus.

Reste le problème de la voiture. Comment identifier son propriétaire ? J'ai une idée, je saute dans un taxi et me fais conduire chez mon assureur. Je peaufine mon histoire, un accrochage avec un véhicule inconnu qui a pris la fuite. Heureusement, j'ai relevé son numéro.

L'autre m'écoute.

— Faites-moi une déclaration de sinistre pour me permettre d'identifier votre chauffard. Il me faudra quelques jours, nous sommes jeudi, revenez après le week-end.

Trop long pour moi. Marie sort demain, plus question d'attendre. C'est alors que je me souviens de Coma le flic, l'habitué du Royal-bougnat. Mais où loge-t-il, cet oiseau-là ?

Je fonce vers mon bistrot favori et me précipite sur Fernand.

— Connais-tu l'adresse de Coma ?

Je dois être agressif car Fernand se fâche.

— Je tiens un bistrot, pas une agence de renseignements.

L'histoire du vieux me surexcite. Par-dessus le comptoir, j'attrape Fernand par la chemise et le tire vers moi.

— Ecoute, c'est vital, dis-lui de m'appeler dès que tu le verras.

Doucement, Fernand détache mes mains crispées du tissu de sa chemise. Il me verse un verre de Cornas.

— Allez, bois. Tu m'as l'air bien agité. Je lui passerai le message, à ton policier de choc.

*

6 heures du matin. Ciel gris sur Paris. Je passe le tunnel de Saint-Cloud et fonce vers Bois-d'Arcy.

Je me gare. Une Audi 80 stationne aussi devant la maison d'arrêt. A la place du conducteur, une tête connue : René Vermont, l'avocat de Marie. Près de lui, une femme tire sur une cigarette à bout doré. De dos, je ne la reconnais pas tout de suite. Elle pivote légèrement, c'est Laurence.

Pourquoi suis-je étonné ? Une mère vient chercher sa fille à sa sortie de prison, quoi de plus normal ? L'antiquaire me regarde et ne répond pas à mon salut.

L'avocat abandonne son volant et me tend la main.

— Merci de m'avoir prévenu, maître. Je savais bien que le juge la libérerait.

L'autre me jauge, ironique.

— C'est bien d'être voyant. Quant à moi, je n'en étais pas si sûr. Il n'en reste pas moins que Mme Cheney demeurera dans le collimateur de la police tant que l'assassin ne sera pas bouclé.

— Il s'agit peut-être d'un crime accidentel. Un petit casseur surpris qui s'affole et...

Son sourire ressemble à une grimace. Il chantonne.

— Un petit casseur qui passait par là...

La chanson s'éteint.

— J'adore les naïfs, Didier Valois. S'il ne s'agissait que d'un casse qui a mal tourné, Chomel ne s'agiterait pas comme il le fait, surtout du côté de certains groupes politiques. Il a des relations, le bougre, et il crie au charron pour faire avancer les choses.

Je fume. Dans la voiture, Laurence semble dormir. Je suis sûr pourtant qu'il n'en est rien.

— Et elle ?

— Une femme remarquable, une mère sans reproche, une grand-mère admirable.

Etonné de sa tirade, je le regarde.

— Vous plaidez, maître, ou vous lancez une nouvelle lessive, avec comme cible les grand-mères de choc ? Moi aussi, j'adore les naïfs.

Vermont encaisse sans broncher et jette un coup d'œil à la Rolex en or qu'il porte au poignet droit. Evolution normale pour un ancien gauchiste du joli mai 68. Au fait, quelle est l'évolution anormale pour un ex-gaucho ?

— C'est l'heure, j'y vais.

Du doigt, il tape sur le pare-brise de la voiture et se dirige vers la porte de la prison.

Laurence s'éjecte à son tour, me salue de la tête et reste immobile devant la portière ouverte.

Enfin, Marie paraît.

Pourquoi les prisonniers libérés marquent-ils toujours un temps d'arrêt lorsqu'ils franchissent la porte qui les isole du monde extérieur ?

Marie s'avance. René Vermont porte sa mallette.

La jeune femme marche à courtes enjambées comme si elle portait des entraves aux chevilles. Et son pas s'accélère soudain. Elle court, étreint sa mère. Laurence m'étonne. Elle semble vraiment bouleversée. Une femme de glace brusquement éclairée d'une grande flamme.

La prisonnière m'aperçoit. Elle vient lentement se blottir contre moi.

*

C'est l'instant du retour. Marie prévient sa mère et l'avocat : elle rentre avec moi. Rendez-vous est pris chez Me Vermont.

Le regard de Laurence a changé. Je suis acteur et j'admire. Tudieu ! Quelle haine à mon égard ! Mais pourquoi ?

Direction Paris, dans le cirque autoroutier du matin.

La tête sur mon épaule, Marie fume.

— On dirait que Laurence est furieuse de ma présence.

L'amour de ma vie pose ses lèvres sur ma main.

— Jalousie maternelle. Elle déteste les hommes qui m'approchent et m'aime d'autant plus. C'est réellement de l'adoration.

— Et Frédéric ?

— Pour elle, il n'était que le géniteur de Carole, sa petite fille. Dans un couple, Laurence ne voit l'homme qu'en élément du décor, quelqu'un en représentation, à table, au lit, au travail. En fait, je crois qu'elle déteste les mâles quels qu'ils soient.

— Tu ne m'en as jamais parlé.

— Pourquoi l'aurais-je fait ? Nous vivons notre histoire, pas celle de ma mère.

Je ne la questionne pas sur sa détention. Je sais que ces choses-là doivent venir d'elles-mêmes.

— J'ai du nouveau, enfin un fil. J'espère qu'il me mènera directement au Minotaure.

Marie m'écoute, me caresse la main.

— Tu connais Cagna ?

— Tu m'en as parlé.

— C'est un de ces cinglés du 15e arrondissement, amoureux de la rive gauche, qui ne passent jamais le fleuve. Pour eux, Paris s'arrête au pont Mirabeau ou à celui de Grenelle. Le vieux a ses habitudes au National.

— Le café en bas de chez moi ?

Je fais oui de la tête.

Ma compagne lâche ma main et se redresse, attentive.

— Il a vu quelque chose ?

— Je le crois. Un homme et une voiture. Cagna se souvient du numéro d'immatriculation.

C'est la première fois que j'entends Marie siffler d'admiration.

— Beau travail, monsieur Valois. Tu en as parlé à la police ?

— Non, je veux agir seul. Le vieux m'interdit d'en faire part à Dubois.

— Tu l'as vu ?

— Oui et il connaît tout de notre histoire. Il semble bien que tout Paris était au courant. Qu'en penses-tu ?

Ses mains esquissent un geste d'ignorance.

— Qu'est-ce qu'on fait ? interroge Marie.

— La décision t'appartient. Tu t'installes chez moi quand tu le voudras. Aujourd'hui, demain...

Silence. Elle fume encore.

— Je vais voir ma fille et passer quelques jours à Milly. Je t'appellerai ensuite. O.K. ?

Pas moyen de dire non, je répète donc : O.K. !

Je lâche Marie devant l'immeuble où sévit René Vermont. Elle paraît distante, la femme de ma vie, et m'embrasse sans enthousiasme. Je n'y comprends plus rien. La détention sans doute.

L'Audi déboule à son tour. Je reprends le chemin de la maison.

CHAPITRE XII

Par précaution, Colette fit entrer le taxi dans l'impasse.

De son dos, couvert de pansements, jaillissaient parfois des élancements douloureux. Sur ses pommettes, les hématomes viraient au jaune.

— Attendez-moi, je n'en ai pas pour longtemps, dit-elle au chauffeur.

Elle eut un frisson lorsqu'elle retrouva la grande salle du pavillon et les restes du miroir fracassé. La bouteille de whisky vide brillait sur le carrelage.

Visite rapide. Pietro possédait un pistolet qu'il cachait dans un placard. Il lui avait enseigné le maniement du joujou.

— Ça marche toujours avec les rôdeurs, affirmait-il.

L'arme, débarrassée de ses chiffons gras, fut très vite nettoyée. Colette glissa un chargeur dans la crosse et fit monter une balle dans le canon.

— Oh, ma p'tite dame, qu'est-ce qu'on fait? J' peux pas rester là toute la journée.

Le chauffeur! Elle l'avait oublié. Elle régla sa course et fila vers sa voiture.

Saint-Ouen. Les Puces closes n'offraient que leur alignement funèbre de rideaux tirés.

A poings fermés, elle cogna longtemps sur la tôle ondulée qui bouclait « Arts et Bibelots ».

— C'est fermé faudra revenir samedi.

Un vigile d'une société de gardiennage la dévisageait.

Colette sentait la tension de l'homme, sa méfiance.

— Vous n' savez pas que ça n'ouvre que trois jours par semaine ?

— Non, j'arrive de province.

Elle s'éloigna et revint chez elle, furieuse de son agitation stérile. Pour la première fois, elle admit qu'elle avait peur. Peur de ce gorille à face humaine, le Stéphanois.

*

Par précaution, elle gara dans la rue d'Alésia et s'engagea, prudente, dans l'impasse.

Ils l'attendaient dans l'allée.

Et, pour les avoir beaucoup fréquentés depuis un an, elle sut immédiatement qu'ils étaient flics.

— Vous savez qui nous sommes ?

— Police, je présume.

— Vous présumez bien.

Tranquille, il fit les présentations. Le policier l'examinait sans gêne, notait les traits tirés, les ecchymoses sur la peau, les poches violacées sous les yeux.

— Vous vous êtes battue ?

— Non, j'ai glissé dans la rue. Les trottoirs sont si sales.

Les yeux plissés, il continuait son examen.

— Vous avez l'air fatigué, madame Chiglione ; regardez où vous mettez les pieds. On dirait que la liberté, même provisoire, ne vous réussit pas.

Sans broncher, Colette enregistra l'avertissement.

— Que me voulez-vous encore ?

Et la réponse arriva comme une matraque dans les gencives. Ça fait un bruit mou et l'autre crache ses dents avant de pouvoir crier.

— Pietro, votre mari, est mort.

Le grand flic fut surpris de la plainte qu'elle poussa. Un tout petit cri d'animal à qui l'on brise l'échine.

Colette tâtonnait dans son sac, cherchait des cigarettes. Belmain, le second policier, lui tendit son paquet. Un briquet claqua.

Seuls, arrivaient du jardin la trille d'un oiseau et le frou-frou du vent dans les feuilles du cerisier. Les policiers, sans nerfs, attendaient.

— Quand est-il mort ?

— Il y a probablement deux jours. Nous attendons le rapport d'autopsie pour être plus précis.

— Autopsie ? Pourquoi ?

— C'est inévitable en cas de mort violente. Vous ne le saviez pas ?

Une seconde durant, la fumée l'étrangla. Elle toussa.

— Seigneur ! On l'a tué...

— Oui, une mort vilaine. Je vous passe les détails. Je suis sûr que la disparition de votre mari est liée à votre histoire. Soyez plus coopérative, vous y gagnerez une liberté définitive et vous vengerez la mort de Pietro.

— Où est-ce arrivé ?

— A Saacy, près de La Ferté, dans une villa qu'il louait à l'année.

Encore une chose qu'elle ignorait de son compagnon.

— Comment êtes-vous remonté jusqu'à moi ?

— Par ses empreintes. Il avait fait une bêtise dans sa jeunesse.

Dubois sortit un carnet de sa poche, le tendit vers Colette sans le lui donner.

— Vous connaissez cet agenda ?

— Non.

— Nous l'avons déniché durant notre perquisition. Curieux carnet, il ne contient que des noms de casinos, champs de courses et tripots. C'était un gros flambeur, Pietro ?

Groggy ! K.O. debout ! Elle comprenait maintenant ce que cela signifiait. La bouche de Dubois articulait des sons, des mots. Colette entendait, comprenait, ne réagissait pas. Pietro, mort ! Elle se sentait comme un boxeur qui s'entraînerait en cognant sur un édredon. Chaque parole du policier tombait sur elle comme un coup de poing mou. Le coup partait, arrivait, silencieux et flasque. Anesthésiée, elle ne sentait rien.

— La brigade des jeux va lui élever une statue, à Pietro. On a fait cinq descentes depuis hier dans les parties clandestines. Vous connaissez Charlotte Corday ?

Qu'est-ce qu'il racontait cet homme ? Charlotte Corday ? Elle devenait folle.

Le nuage se disloqua, elle revint au réel.

— Charlotte Corday ? Vous organisez des jeux

pour la télé ? Connaissez-vous Charlotte Corday... ou le Trivial Poursuite pratiqué par la police.

— Je suis sérieux. Parmi les paradis ludiques mentionnés dans le carnet de Pietro, nous n'avons trouvé qu'un nom original : Charlotte Corday et un numéro de téléphone.

Colette retrouva son ton naturel.

— Et, naturellement, vous avez téléphoné...

— Pour nous, un téléphone, c'est une adresse. Nous y sommes allés.

— C'était le musée du Bicentenaire ?

— N'ironisez pas, je vous prie. C'est une boulangerie.

L'incohérence de nouveau.

— Une boulangerie du 7e arrondissement qui servait de cabine téléphonique à une antiquaire voisine.

Du regard, la jeune femme interrogeait.

— Ça vous intrigue ? Nous aussi. Pour une raison que je ne connais pas encore, une certaine Laurence Villars se servait du téléphone d'une voisine, boulangère. Lorsque ses correspondants demandaient Charlotte Corday, la porteuse de pain courait chercher l'antiquaire.

— Soit... et après ?

— Connaissez-vous Laurence Villars ?

— Non, elle n'a donc pas le téléphone pour se faire appeler chez une voisine ?

Dubois répondit par une autre question.

— Pietro n'a jamais prononcé son nom devant vous ?

— C'est la première fois que je l'entends. Quel rapport avec mon mari ?

— En apparence, aucun. Le métier, peut-être. Pietro volait des œuvres d'art, Laurence en vend. C'est tout ce que nous avons comme éléments, étant entendu que ce n'est pas un délit d'utiliser le téléphone d'une voisine. Dites-moi... Frédéric Cheney... ça vous dit quelque chose ?

— D'après vous, je devrais connaître ce monsieur ?

— Pas obligatoirement, mais, coïncidence, lui aussi a été assassiné.

— Suis-je donc censé fréquenter toutes les victimes de mort violente de Marat à Staline, des Ides de Mars jusqu'à la prochaine lune ? Pourquoi cette question ?

— Oh, pour rien. Frédéric Cheney était le gendre de Laurence Villars. Un avocat plus un casseur, tués tous les deux, plus une relation commune aux deux cadavres, voilà un rébus intéressant pour un policier, vous ne trouvez pas ? Nous, les flics, on n'est pas des génies mais on aime les équations à plusieurs inconnues. Qu'en pensez-vous, madame Chiglione ?

— Rien. Depuis onze mois, je ne pense plus, je me contente de croire. Demandez plutôt à Laurence chose ! Elle a sûrement un avis sur la question.

Le grand flic eut un sourire.

— Merci du conseil, je m'en souviendrai. Cela dit, si vous apprenez quelque chose, venez donc m'en parler, ça vaudra mieux pour tout le monde.

Dubois fit signe à son équipier, salua Colette d'un mouvement de tête. Sans bruit, ils refermèrent la porte du jardinet.

Dans la salle de bains, Colette s'empara d'une boîte de tranquillisants et avala deux gélules aux couleurs du bonheur. Pas question de laisser l'angoisse gagner du terrain. La peur suffisait.

*

Près du téléphone, le répondeur clignote en morse. La voix de Fernand jaillit de la machine.

— Coma t'attendra ce soir à l'apéritif.

L'après-midi s'éternise. Je traîne. Coup de fil de Loïck. Il me propose un travail d'animateur dans un club de vacances.

— Ça te permettra de te reposer en attendant les reprises d'automne.

J'explique à mon impresario préféré que j'avance enfin dans l'affaire Cheney. Je resterai à l'ANPE tant que Marie ne sera pas entièrement disculpée. Gros soupir de Loïck.

— Tu aurais dû faire flic plutôt que comédien. Tu es doué, sais-tu ?

To be or not to be. Je me demande si son appréciation sur mes dons s'applique au théâtre ou à mes talents de détective. Mais il a déjà raccroché.

6 h 30. Je file au Royal-bougnat. Coma est au comptoir et sirote un blanc gommé. Je trinque avec lui. En bon flic, il attend.

C'est l'heure de pointe et le troquet n'est plus qu'une vaste caisse de résonance.

— Je voudrais te parler, mais il y a trop de bruit ici.

— O.K., viens à la maison, j'ai un cognac qui vient de chez moi. Je suis charentais. Il paraît que tu es connaisseur.

Nous passons par la rue de la Convention pour arriver rue de Lourmel.

— J'habite là, l'ancien chemin des Vaches. Beau nom pour une rue où loge un flic, tu ne trouves pas ?

Découverte. Je ne lui connaissais pas ce sens de l'humour.

Un petit immeuble sans ascenseur. Il loge au 3ᵉ. Sur sa porte, une plaque au cuivre étincelant étale son nom : Delécluze.

Nouvelle surprise. L'appartement est bourré de bouquins. Visiblement, il s'amuse de mon étonnement.

— Toi aussi, tu t'imaginais que les flics étaient tous illettrés ?

De la main, il me désigne sa bibliothèque.

— Je n'aime que les livres et mon boulot. La vie en rêves et la vie rouge sang. Entre les deux, mon cœur balance. Qu'est-ce que je peux faire pour toi ?

Je débite mon laïus d'accident et lui demande s'il peut me trouver le nom du propriétaire de la Peugeot 61 GNW 14.

— Sans problème. Je t'appellerai demain matin. Dégueulasse de se tirer après un accrochage, mais s'il n'y avait que ça de dégueulasse dans la vie...

D'une fugue dans la cuisine, il ramène une petite bonbonne d'un liquide couleur acajou et miel.

— Cognac sans âge. Goûte-moi ça et ferme les yeux pour déguster. C'est du soleil que tu vas boire.

En plus, ils sont lyriques maintenant les poulets. Je bois. Il a raison, à ce degré de perfection ça relève du divin. Pour un nectar pareil, on deviendrait croyant, voire intégriste. Comme disait ce rabbin qui découvrit, un jour, sa femme au lit avec un voisin : « Tu vois, Sarah, on commence comme ça, et on finit par fumer le samedi. »

Avec Coma, j'ai bu. Longtemps.

*

9 heures, le lendemain. Le téléphone me perce la tête. Sans doute trop de soleil de minuit. C'est Coma.

— Didier ? J'ai ton tuyau. La Peugeot est immatriculée au nom d'une certaine Alice Vinay, chemin des Dunes à Honfleur dans le Calvados. Non, la rue n'a pas de numéro. Allez, ciao.

Mille mercis. Je fonce sous la douche, j'avale un café et m'installe au volant de la R5.

Avenue de Versailles, je stoppe devant une cabine d'où j'appelle Neurone, puis Loïck. Je leur fais part de ma découverte, on ne sait jamais. S'il m'arrivait quelque chose, ils pourraient reprendre l'enquête et aider Marie.

Honfleur.

Pas le temps d'admirer. Je me renseigne vite fait. La voiture grimpe une route qui domine l'estuaire. Je roule sur une chaussée étroite qui porte le nom de chemin des Dunes. Des pointillés de terrain non bâti séparent des villas isolés ou d'anciennes fermes reconverties en résidences secondaires. C'est beau, cossu, lumineux.

La route libre de nouveau. Plus de constructions. Demi-tour. Je me gare et continue à pieds. 300 mètres. Une borne blanche supporte une boîte aux lettres avec un nom : A. Vinay. J'y suis. L'angoisse me gagne. Je repense à Loïck. Le rideau se lève.

*

Le portillon bâille. J'entre. J'avance vers une fermette aux colombages blancs. Là aussi, la porte est ouverte. Pénombre. J'interroge.

— Y'a quelqu'un ?

J'ai le temps d'entrevoir une femme au visage blême qui me regarde comme si j'étais un spectre moi aussi. Je me souviens du choc sur la nuque. Comme un bœuf qui chargerait de plein fouet le matador que je ne suis pas. J'ignorais que les Normands élevaient leurs bêtes à la maison.

Le soleil disparaît. Je m'écroule.

*

Ce n'est pas du cinéma et je n'ai pas dit « Où suis-je ? » en ouvrant les yeux. La bosse à la base de mon crâne n'est pas imaginaire non plus. Dans ma tête résonne la charge de la Brigade légère. Dieu, quel vacarme !

Je me relève, titube jusqu'à l'évier de la cuisine et me balance un grand jet d'eau au visage. Ça va, mon cerveau fonctionne de nouveau et enregistre l'image d'un corps allongé sur les tomettes ocres. Je reconnais la face de fantôme qui me dévisageait à mon arrivée, il y a cinq minutes ou cinq ans, je ne sais plus. C'est bien une femme. Dans ses cheveux blancs, en désordre, suinte une traînée de sang. Je m'accroupis. Parfait, pas de vertige.

— Ne craignez rien, je vais vous aider.

Je m'empare d'un torchon, le passe sous le robinet

et le plaque en bandage sur le front de la vieille femme.

Elle gémit, parle.

— Prévenir ma fille... Colette Chiglione... Oui, vite, Roger menacé, vite... Stéphan...

— Où est-elle votre fille ?

— Paris... Moulin vert.

— Quoi ? Quel moulin vert ?

Silence. Je me penche plus près. Le cœur bat. Elle n'est qu'évanouie.

Je cherche le téléphone et trouve le fil arraché et le combiné en miettes. Pas le temps de fouiner. J'ignore si mon agresseur ne traîne pas dans les parages. Je rejoins la voiture et fonce vers la ville. La poste, enfin. J'avertis la gendarmerie tout en gardant l'anonymat et m'empare de l'annuaire de Paris.

Voilà, Chiglione, impasse du Moulin-Vert. Je note le renseignement et me remets au volant. Je fulmine en conduisant. Un fiasco complet. Ce n'est sûrement pas cette vieille femme qui a tué Cheney, mais la douleur de ma nuque me rappelle qu'il y a tout de même un méchant dans cette histoire.

La R5 avale la route.

Paris. Je repasse chez moi pour entendre mon alter ego, mon répondeur adoré. J'en profite pour soigner ma bosse qui suinte légèrement. L'animal... Il n'y a pas été de main morte. Je suis crevé et je m'offre une sieste d'une heure. Epuisé, j'oublie le temps et ne me réveille que le lendemain. Allons voir Mme Chiglione.

*

Une voiture de pompiers barre la rue des Plantes et tient compagnie à une ambulance garée près d'une voiture de Police secours. D'autres véhicules d'urgence arrivent dans leur vacarme de sirènes. Ça clignote de partout. On dirait que la rue pavoise. Un barrage de police interdit l'accès de l'impasse du Moulin-Vert. Un nuage de fumée s'élève d'une des maisons.

J'interroge un badaud.

— C'est une bombe. Ça a pété il y a dix minutes. Je passais juste à ce moment devant l'impasse et j'ai senti le souffle jusqu'ici.

— C'est peut-être une conduite de gaz ?

— Non, c'est encore un coup des ayatollahs ou des derviches tourneurs.

— C'est quoi ? demande un homme voûté, aux cheveux blancs.

— Des ouvriers immigrés, pardi. Y'a les derviches tourneurs, les derviches fraiseurs, les décolleteurs. Y'a même des derviches hurleurs. Comment veux-tu qu'y ait pas de chômage après ça ? Crois-moi, y'a plein de Français pour faire un boulot pareil.

Je laisse les deux badauds à leurs problèmes et j'avance sur un groupe de policiers en conversation avec une jeune femme.

— Qu'est-ce que vous voulez ? Vous ne voyez donc pas que la rue est barrée ? Circulez.

— Je cherche Mme Chiglione qui habite là.

Un civil s'avance vers moi.

— Qu'est-ce que vous lui voulez ?

— Je le lui dirai moi-même.

L'homme fait un signe. Deux uniformes m'encadrent. J'esquisse un geste de défense et me retrouve menotté. Ras le bol de me faire rudoyer. Le menu du jour, matraque un matin, bracelets le lendemain. Je gueule. Les gardiens me poussent vers une voiture.

J'entends la foule gronder.

— Ils en tiennent un.

— C'est un Arabe !

— Non, c'est un pédé !

— Mais t'es miraud, mec ! C'est un derviche ! Et gonflé avec ça, il m'a questionné tout à l'heure.

— Faut l' dire aux flics.

— Ouais ! La police compte que chacun fera son devoir. M'sieu l'agent... m'sieu l'agent...

La voiture démarre. Un cri sort de la foule.

— A mort !

C'est pour moi, ce chant d'amour ? Apparemment oui. Pas de maghrébin ni de noir à l'horizon, pas d'erreur, c'est bien à moi que s'adresse cette manifestation de tendresse populiste.

Sirène. Cellule. Un brigadier m'enlève les menottes. La bosse de ma nuque grossit. J'appelle un garde et réclame un médecin. Il faut à tout prix que je sorte de là.

Haussement d'épaules de mon geôlier.

— On a tout ce qu'il faut pour te soigner ici, attends que le patron arrive. C'est vrai que tu es un derviche ?

Une heure. Deux. Mon garde revient, déboucle la porte.

— Venez, le commissaire veut vous voir.

Amélioration visible de mon statut de taulard, il ne me tutoie plus.

Un bureau bien rangé où trois hommes m'attendent, le patron local et mes vieux copains, Dubois et Belmain.

— Asseyez-vous, monsieur Valois. Ça va ?

— Pourquoi m'avez-vous bouclé ? C'est un abus de pouvoir.

— Du calme, s'il vous plaît. Enoncé du problème : une maison est dynamitée en plein Paris. Un homme arrive quelques minutes après le big-bang et demande à parler à Mme Chiglione. Coïncidence, cette femme est la propriétaire du pavillon détruit. De plus, son époux, Pietro, vient d'être assassiné. A notre place, qu'est-ce que vous feriez ?

La tension tombe. Je me tasse sur ma chaise et reste muet.

— Vous avez demandé un médecin ? Vous êtes souffrant ?

Inutile de leur parler de mon aventure à Honfleur.

— Non merci, ça va bien. C'était un prétexte pour sortir du trou.

Dubois intervient.

— Et maintenant, si vous nous disiez ce que vous lui vouliez, à Mme Chiglione. D'où la connaissez-vous ?

— J'essaie de disculper Marie Cheney du crime dont on l'accuse et je ne fais rien d'illégal en enquêtant. Je ne répondrai donc pas à vos questions.

— Monsieur Valois...

Le ton semble patient mais je le sens survolté, le père Dubois.

— Monsieur Valois... La dissimulation d'indices tombe sous le coup de la loi. Je vous rappelle qu'il s'agit de meurtres et que vous risquez d'être inculpé de complicité. Dites-nous ce que vous savez.

— Sinon ?

— Je vous boucle.

— Le temps d'une garde à vue ? Allez-y, faites.

La batterie de menaces défile et je la connais par cœur : injures à agents, stationnement en double file, insalubrité publique (ça s'appelle comme ça) pour avoir pissé sur une palissade, etc., etc. Pas un magistrat ne me bouclera sur les seuls dires de Dubois. Je sais aussi qu'ils ont intérêt à me laisser libre et que j'aurais désormais un ange gardien permanent derrière moi. Son Eminence, Dubois, débite son laïus. Je reste de marbre.

Belmain me tend ses cigarettes. Silence. Dubois regarde par la fenêtre, soupire et revient vers moi.

— Mon vieux, vous êtes mêlé à une sale histoire. Deux meurtres et un attentat à l'explosif, c'est cher aux Assises. Nous, on n'est pas des génies, seulement des têtus, moi surtout, et je ferai l'impossible pour vous avoir, l'artiste. Faites-moi confiance.

Pauvre Dubois. Il regarde trop les séries américaines à la T.V. Il n'y a pas de district attorney ici pour organiser des transactions et des remises de peine. Il le sait d'ailleurs.

— Vous êtes libre, mais rappelez-vous, il vaut mieux m'avoir comme ami.

*

La rue enfin.

En route pour le Royal-bougnat. J'enfile toutes les ruelles du 15e. C'est vrai que c'est encore un village. Plus facile, aussi, par les petits chemins, de repérer un suiveur. Et c'est près de la place Falguière que je l'ai débusquée. Une femme. Celle qui discutait avec les policiers dans l'impasse. Futés, les flics, de me faire pister par une mémé. Dubois a pensé que je me méfierais moins. Je m'amuse malgré mon mal de crâne, et m'enfonce dans Beaugrenelle. Le Front de Seine... rien de tel pour larguer quelqu'un. J'entraîne ma suiveuse vers l'immeuble Totem, reviens vers l'hôtel Nikko et me planque derrière un pilier sur la dalle de béton. Ma Diane chasseresse avance, grandit. Blonde, la trentaine, des yeux bleus très sombres, du charme malgré un visage marqué d'hématomes. Les risques du métier sans doute. Elle hésite, me cherche, arrive à ma hauteur, je l'empoigne par les bras et l'attire vers moi.

— Alors, ma cocotte, on joue à cache-cache ?

Elle se rebiffe.

— Je ne suis pas votre cocotte, lâchez-moi.

— Mais si, un flic c'est un poulet, donc une fliquette c'est une cocotte. Je suis pour la vieille grammaire, moi, et j'aime les sexes différenciés, masculin, féminin.

— Voulez-vous me lâcher ou j'appelle. Je ne suis pas de la police.

— Ah, oui ?

— Je m'appelle Colette Chiglione et c'est ma maison qui a sauté. Je voulais savoir ce que vous cherchiez lorsqu'ils vous ont bouclé.

Je la serre toujours contre moi. Elle est douce et tiède et j'avoue que j'aime ça. Un homme passe et me fait un clin d'œil. Mes mains s'ouvrent. Colette se frotte les bras. J'ai dû serrer trop fort. Elle sort un permis de conduire de son sac et me le tend.

— Pas de malentendu, lisez. Je suis Colette Chiglione. Pourquoi me cherchiez-vous ?

Je lui propose de l'emmener au Royal-bougnat. En marchant, elle m'explique sa longue patience à attendre ma libération devant le commissariat. De temps en temps, j'emprunte des routes familières où je peux débusquer un éventuel suiveur. Essayer donc de pister quelqu'un, les jours de marché, rue de la Convention !

Fernand nous accueille d'un grand sourire.

Une table tranquille dans l'arrière-salle. Je raconte toute l'affaire à Colette Chiglione, mon enquête, Cagna, ma balade normande.

Elle pâlit et ses hématomes paraissent soudain plus grands.

— Venez avec moi, il faut que je téléphone.

Dans la cabine du bistrot, serrés l'un contre l'autre, je retrouve la chaleur ressentie derrière le Nikko. Rapide conversation. Nous reprenons nos places.

— Tout va bien. Roger, c'est mon petit garçon, est à l'abri et ma mère se repose à l'hôpital. Elle se rétablit bien. Merci d'avoir appelé les gendarmes.

Je l'interroge à mon tour. Elle joue franc-jeu, me semble-t-il, et me décrit son odyssée. La Peugeot appartenait à sa mère et Pietro l'avait empruntée après avoir déposé Roger chez elle.

— Vous ne voyez pas ce qu'il aurait pu faire chez maître Cheney ?

— Pas la moindre idée. C'est un flambeur, Pietro, pas un tueur.

Elle parle, parle, heureuse de vider enfin son sac. Et tout à coup, la foudre. Le nom de Laurence

Villars déboule dans l'histoire, entre le casse de Pietro et la question donnée par le Stéphanois. Rien ne reste dans l'ombre et je m'interroge sur l'élément Charlotte Corday.

Nous décidons de continuer ensemble les recherches et je lui propose l'hospitalité puisque sa maison est détruite. En tout bien, tout honneur.

Neurone, Ophélie et Loïck débarquent au bistrot. La femme de Loïck traverse une nouvelle crise d'architecture.

Avec l'accord de Colette, je mets mes amis au courant de ses aventures. Big brain-storming... comme disent les nouveaux cadres dans leurs séminaires sans Dieu, sans Marx, sans Keynes et sans espoir. On dissèque toute l'histoire.

— Nous avons négligé un élément, dit Neurone, les parents de Frédéric. D'après toi, Didi, ils connaissaient tes relations avec Marie. Imagine que Frédéric leur ait confié le dossier que cherchent les gros bras.

— Chomel affirme que Joseph a déjà fouillé chez les vieux de Cheney. En vain.

— Rappelle-toi ce que disait mon cousin, le prince d'Orange. « Il n'est pas nécessaire d'espérer pour entreprendre... » On ira les voir. Autre chose, Laurence Villars apparaît dans deux affaires criminelles sans lien apparent entre elles. Il faudrait revoir cette dame. Mais chaque chose en son temps. Qui m'accompagne chez les parents de Frédéric ?

Discussion. Ce sera Loïck. Pas question pour moi de me pointer à Créteil.

Je dépose Colette chez moi et lui installe un coin. Rien sur le répondeur. Marie est muette.

Je file chez Cagna pour lui faire part des événements. Je lui dois bien ça.

*

Il habite au sixième, propriétaire, sous les toits, de trois chambres qu'il a réunies. Le vieux m'a souvent reçu chez lui. Le décalage des générations ne joue pas entre nous. C'est un ami.

La porte est entrouverte. Je sonne et pousse le panneau de bois. La lumière brûle dans la première pièce. J'appelle.

— Oh, Cagna ! C'est moi, Didier.

Rien ne bouge. Le soleil arrive des vasistas en spots serrés.

Seconde chambre. De toute évidence, c'est là qu'il dort. Un sommier bas, garni de literie défaite, forme l'angle face à la vitre. Du lit, on ne perçoit qu'un rectangle de ciel. Quelques photos dédicacées de champions décorent les murs. Marcel Cerdan et Walczak sourient à Antonin Magne, Vietto et Coppi accrochés sur la cloison d'en face. Un guidon de vélo suspendu au-dessus du lit ressemble aux bois d'un jeune cerf. Chacun ses trophées !

J'appelle de nouveau. Pas le moindre écho. J'atteins la chambre du fond. Elle baigne dans la pénombre, le store du vasistas est rabattu. Cagna est là, debout sur le sol au centre de la pièce. Il me paraît bizarrement plus grand que d'habitude. Sa tête penchée vers la droite fait un angle aigu avec l'épaule. Le vieux me regarde, les yeux grands ouverts. Curieux... Qu'est-ce qu'il a donc autour du cou ? Je vois mal dans cette demi-obscurité.

— Oh, Cagna !

Pas de réponse. J'actionne le cordon de tirage du petit rideau. La lumière entre. La mort aussi.

En fait, les pieds du vieux ne touchent pas le sol. Ils sont à dix centimètres au-dessus du tapis. Une cordelette blanche lui enserre le col et termine sa course dans le crochet du plafond qui supporte un lustre de laiton.

Ce n'est pas un suicide. Ses mains sont liées par un brin identique à celui du cou. J'étouffe, partagé entre le désespoir et la fureur. Pourquoi ? Quelle immonde ordure a pendu mon ami ?

Ma respiration saccadée fait un drôle de bruit. On dirait ma R5 lorsqu'elle refuse de démarrer le matin. J'essaie de me calmer, d'arrêter ma panique mais mes mains tremblent lorsqu'elles se posent sur la poitrine du vieux. Rien. Ça ne bat plus. Fini. Le corps est froid.

Je me précipite sur le téléphone et compose le 17. Une voix de femme anonyme récite une réponse enregistrée :

« Vous avez appelé la police. Ne quittez pas ! »

Je débite un rapide discours, parle d'un décès subit, donne les coordonnées de Cagna. Je raccroche aussitôt et je file dans l'escalier. Pas question de rencontrer les collègues de l'archer-chef, monseigneur Dubois.

Dans la rue, je m'efforce de ne pas courir. Mon cœur cogne plus vite lorsque je me rappelle que j'ai semé partout mes empreintes chez

Cagna. Si Dubois apprend ma visite, je passerai un très mauvais moment.

Le Royal-bougnat est désert. Fernand remarque que je ne tourne pas rond.

— Qu'est-ce qui t'arrive ?

— Cognac !

Je vide le verre d'un trait.

— Un autre.

Fernand me tend une nouvelle dose d'alcool aussi vite avalée.

— Tu es blême. Qu'est-ce qui t'arrive ?

— Cagna est mort. Assassiné.

Lui aussi encaisse méchamment et se verse à boire.

— Raconte.

Il hoche la tête, désolé. Dur de perdre un copain, un vrai.

— La police ?

— Je l'ai appelée et j'ai filé. Cette fois, ils me boucleraient sans hésiter et j'avoue, qu'à leur place, j'en ferais autant.

Ça trotte dans ma tête, lancinant, un leitmotiv sinistre, les tambours sourds illustrant la mort de Siegfried. Ça cogne. Pourquoi ? Ça rebondit, revient. Pourquoi ?

Neurone et Loïck débarquent de leur randonnée à Créteil.

Je leur raconte la mort de Cagna. Ils se tassent comme si on les battait et Neurone ajoute un « Qui ? » au pourquoi qui m'obsède.

Le temps s'est arrêté. Colette est au comptoir et Fernand vient se joindre à la bande. Nous sommes seuls au monde.

*

Il faut casser ce silence sinon, dans cinq minutes, nous serons tous des mômes en larmes. J'interroge.

— Et les parents de Frédéric ?

— On les a vus. Pas longtemps. Le père nous a ouvert. Un homme âgé, complètement gaga, obsédé par les femmes et les communistes. Pendant notre entretien avec son épouse, il ne quittait pas la fenêtre et reluquait les filles de la rue.

— Tu as vu celle-là ? Regarde un peu cette poitrine, elle va de l'Atlantique jusqu'après l'Oural. C'est une coco, je te le dis. Il faut éliminer tous les rouges et tous les gros lolos. Tout vient de là, lolo, coco, bobo ! Vise un peu... Dieu ! Quels roberts ! C'est de la provocation stalinienne...

Bref, un débile. La mère Cheney est intervenue. Elle, c'est autre chose, un paquet de nerfs monté sur du dix mille volts. Elle a vite bouclé le bonhomme dans un cagibi et lorsque Loïck a prononcé le mot dossier, les choses se sont franchement gâtées. La femme a ouvert un tiroir de son buffet et en a sorti un revolver, un vrai, un six coups type Magnum.

— Il était à mon fils, et je sais m'en servir.

Elle nous a désigné la porte.

— Dehors ! Sans un geste et sans un murmure. Si vous êtes des assureurs, moi je suis la papesse Jeanne. Dehors ! Vite.

Conclusion ? Nada, comme dirait Manchette. Nitchevo et bouche cousue, le fiasco intégral.

Le silence retombe. Chacun pense à Cagna.

— J'ai l'impression soudaine, dit Loïck, que nous sommes tous menacés. On a mis la main dans une rivière infestée de piranhas, c'est sûr. Faudra regarder derrière soi, désormais et traverser au feu rouge. Bon Dieu, mais pourquoi ?

On convient de se retrouver demain. Chacun reprend sa route.

*

Colette m'attend. Assise dans un fauteuil, elle écoute les infos sur un transistor. Toujours le tunnel de Fourvières à la une. L'embouteillage paralyse maintenant la Bresse et la Bourgogne. Les autorités font appel aux donneurs de sang.

La voix enchaîne avec la mort d'un vieil homme dans le 15e arrondissement de Paris et interroge : « Après les petites vieilles du 18e, débouchons-nous sur une version nouvelle, les petits vieux du 15e ? » L'homme raconte la découverte du corps de Cagna. Selon lui, la police suit une piste. Un suspect est vivement recherché à titre de témoin. Est-ce l'inconnu auteur de l'appel à Police secours ou un provocateur payé par l'étranger pour déstabiliser le gouvernement ? Le vol ne semble pas le mobile du crime.

Du doigt, j'arrête la machine et raconte toute l'affaire à Colette. Elle m'écoute, réfléchit.

— Si j'ai bien compris, on n'a rien volé chez Cagna ?

— Non, tout était en ordre dans l'appartement.

— Avait-il des ennemis, le vieux monsieur ?

— Cagna ? Des ennemis ? Absurde.

Ses yeux deviennent plus lumineux.

— C'est bien lui qui vous a donné le numéro de la Peugeot ? Personne d'autre ?

— Oui et après ? J'étais le seul à connaître cette hist...

Je m'arrête, foudroyé.

Colette me regarde plus fixement encore.

— A qui en avez-vous parlé ?

Impossible de prononcer un mot. La seule personne à qui j'ai raconté l'histoire, c'est Marie. Tout revient, la scène dans la voiture après sa sortie de Bois-d'Arcy, les paroles de Marie : « Il a vu quelque chose ? », ma réponse.

Tudieu ! Tout explose dans ma tête. C'est impossible, impossible, et pourtant...

Je me précipite sur le téléphone et appelle les renseignements. Dix minutes d'attente et j'obtiens en dix secondes le numéro d'appel de la villa de Milly. Une sonnerie, cinq, vingt. Personne ne répond. Marie et Laurence sont peut-être en promenade. La forêt est si belle par ce temps.

Colette continue à me dévisager.

— Et si on y allait ? J'ai une arme.

— Moi aussi.

Je sors de sa cache le Colt 45 que mon père a ramené de la Seconde Guerre mondiale. Je ne m'en suis jamais servi mais on m'a trop conseillé d'être prudent ces temps derniers. Et les conseilleurs sont parfois les payeurs !

CHAPITRE XIII

Même allée blanche, même gamine sur son vélo. Je joue un remake dans le même décor.

Carole nous salue d'un « Une fourmi de dix-huit mètres ».

Colette regarde l'enfant d'un air attendri. J'attends la fin du poème et j'applaudis.

— Bravo ! Tu récites bien, sais-tu !

Le visage s'éclaire.

— Quand je serai grande, je ferai comédienne, comme maman.

— Justement, c'est elle que je viens voir. Elle est là ?

— Non, Léa a téléphoné et...

Un cri surgit de la maison. Une femme vêtue d'une blouse blanche accourt. Une nurse ! Manquait plus que ça.

— Carole ! Viens ici. On ne parle pas aux gens que l'on ne connaît pas.

Le visage revêche, la femme avance sur moi.

— Que voulez-vous ?

— Parler à Marie.

— Mme Cheney voyage. Qui êtes-vous ?

Sans la présence de l'enfant, j'aurais répondu : son amant !

— Je m'appelle Didier Valois. Quand reviendra-t-elle ?

— Je l'ignore. Ses ennuis l'ont épuisée, elle se repose avec sa mère.

Plus j'insiste et plus l'autre se ferme. Carole, tête penchée, me regarde. On dirait qu'elle veut me dire quelque chose.

— Vous connaissiez mon papa, m'sieur ?

— Carole !

La nurse s'empare de la main de l'enfant. La bicyclette, lâchée, tombe dans les gravillons. La femme et la petite s'éloignent. Dans l'allée, la roue avant du vélo tourne comme une roue de loterie dans une fête foraine. Quelqu'un va gagner le gros lot. Mais qui ?

*

Dans la voiture, Colette semble dormir.

Nous roulons vers Bleau toute proche. Un cahot. Colette ouvre les yeux, s'étire.

— Ce départ ressemble à une fuite, non ?

Je ne sais plus que penser. Fuite ? En laissant l'enfant ? Certes pas. Besoin de repos ? Désir de calmer le jeu ? Peut-être. Il n'empêche que je découvre une Marie différente de celle que j'ai aimée. Pourquoi employer le passé ? Je rectifie : une Marie que j'aime. Quant à l'affaire Cagna, Marie m'expliquera, c'est sûr.

La voiture longe la forêt. Nous approchons de la villa Mancini.

Ce n'est pas la mère de Léa qui répond à mon coup de sonnette mais une rousse éblouissante au teint blanc, avec un visage de Boticelli où étincellent des yeux d'émeraude. Une crinière de fauve en furie ondule dans son cou et dépasse les épaules dans leur cascade vers les reins. Je reste estomaqué par la beauté de la fille.

— Vous êtes fou, monsieur Valois, de sonner comme ça.

— Nous nous connaissons ?

Un pli ironique étire ses lèvres. Ce n'est pas une bouche que possède cette dame mais une quetsche rouge sombre. J'adore. Normal, je suis né aux prunes sous le signe du Lion.

— Marie m'a montré une photo de vous dans *Hernani*. Mais entrez donc.

Je me souviens que j'ai, en effet, joué *Hernani* pour un groupe d'handicapés profonds. Où donc pourrait-on, aujourd'hui, monter un texte pareil ?

Un soupir soulève ma poitrine. Colette écoute et reste silencieuse. Je la sens sur ses gardes, mon équipière improvisée.

Les housses du salon ont disparu.

— Votre mère va bien ?

— Oui, elle prend des vacances en Bretagne, chez sa sœur.

Décidément, on voyage beaucoup autour de moi en ce moment. A moins qu'on ne fasse le vide.

Assez de précautions oratoires.

— Où est Marie ?

— Comment voulez-vous que je le sache, je ne l'ai pas vue depuis son arrestation.

— Vous l'avez pourtant appelée hier.

— Et alors... C'est interdit ?

— Non, mais elle a filé après votre entretien. Assez joué, mademoiselle Mancini, nous sommes happés, et vous avec, dans une spirale diabolique. Un de mes amis vient encore d'y laisser sa peau. Trop c'est trop et rien ne prouve que vous ne serez pas la prochaine victime. Vous me racontez tout ou...

— Ou...

Elle fanfaronne, mais son regard accuse le coup.

— Non... Je ne voulais pas...

Silence radio. Elle semble au bord des larmes. Colette entre dans la danse.

— Vous ne vouliez pas quoi ? Lui servir d'alibi ? Elle venait le jeudi, n'est-ce pas ?

L'autre, désemparée, approuve de la tête.

— Pourquoi ?

Paupières baissées, Léa se tait.

— Léa...

La voix de Colette s'est faite douce.

— Léa... Mon mari a été assassiné et je veux son meurtrier. Vous êtes mêlée à trois crimes, peut-être à votre insu, mais je ne suis pas obligée de le croire. Dites-nous ce que vous savez et on n'en parle plus.

La crinière rousse vole autour du visage. Elle se redresse et crie :

— Je n'ai rien à voir dans tout ça. La preuve... J'ai, de mon propre chef, rectifié mon témoignage sur l'alibi de Marie.

Colette semble ne pas entendre :

— Léa.. Je sors de prison. C'est un endroit moche. Savez-vous que dans les prisons de femmes, les choses se passent encore plus salement que chez les hommes ? Les caïds femelles, ça existe. Avec votre allure, votre beauté, vous deviendrez vite l'esclave d'une quelconque maquerelle. Vous êtes très belle, Léa, mais vous vous fanerez vite dans une cellule, très vite.

L'autre ouvre de grands yeux.

— Mais je n'ai rien fait, je le jure.

— Gardez vos serments pour la cour d'assises. Que faisait Marie chez vous, le jeudi ?

Une seconde, j'ai eu pitié devant ce regard affolé redevenu celui d'une petite fille.

— Je ne peux pas parler... Je ne peux pas.

— Didier ! Appelle la police.

Spontanément, le tutoiement est venu. J'entre dans le jeu. J'avance vers le téléphone et décroche. Léa bondit en avant, abat une main d'opaline sur le combiné et lance dans un souffle :

— Le jeudi, je lui prêtais la maison. Pour recevoir son amant.

*

Mes rôles de schizo défilent à toute vitesse devant moi. Je suis Caligula, Raskolnikoff, Arturo Ui. Heureusement, ce n'était que des rôles. Mais là, dans cette villa tranquille, je sens mon corps éclater, se diviser en parcelles. Tout explose. Je suis Didier Valois, acteur, amant de Marie Cheney et j'entends une voix off énoncer cette énormité : « Le jeudi, je lui prêtais la maison. Pour recevoir son amant ! »

Le visage de Colette esquisse un curieux sourire.

— Ça va ?

Ma tête trop lourde me tire en arrière. Je m'écroule dans un des fauteuils. Devant moi, les deux femmes cessent d'être floues et je m'entends enfin, après dix siècles de silence.

— Ça va, ça va.

Une autre voix enchaîne.

— Qui est-ce ?

— Je ne sais.

— Vous en avez trop dit ou pas assez, qui est-ce ?

Le son est aigu, monotone. Une scie à métaux sur un barreau. Implacable, le morceau de fer se fend lentement. Je sens la lame jouer sur mes nerfs.

— Qui est-ce ?

Sanglot. Léa étouffe.

Colette s'approche et lui enveloppe les épaules d'un bras compatissant. Et l'autre craque. Définitivement. Elle avance vers les photos alignées sur la cheminée et s'empare d'un cadre que je connais déjà. Celui qui contient la photo de Marie.

Du pouce, Léa dégage la plaque de protection. Le cadre s'ouvre. La beauté rousse enlève le portrait de Marie. Sous le carton, un autre cliché apparaît. Léa ferme les yeux et le tend à Colette.

— Je ne connais pas son nom.

L'autre regarde, fait la moue.

— Inconnu au bataillon, dit-elle.

Le bras tendu, Colette me passe l'image et je reçois un T.G.V. dans l'estomac. Mes mains tremblent. Je serre les dents. Ce n'est plus Eve, la reine des pommes, c'est moi. Je tourne la photo, la retourne mais, cette fois, ma vue reste claire.

L'amant de Marie n'est autre que mon vieil ami Antoine Chomel, le diplômé Hautes-Ecoles de la firme Fabrette et Chomel.

*

D'après Léa, Marie se repose à la montagne. Où ? Elle ne sait pas. A moins de la passer à la gégène, je n'en sortirai rien d'autre.

Le visage ravagé par les larmes, elle nous regarde partir.

Nous n'échangeons pas un mot, Colette et moi, durant le retour. Elle m'allume une Gitane. Je fume et je l'écrase presque aussitôt. J'ai consommé un paquet entre Fontainebleau et Paris. La voiture fonce vers la ville et j'entends chaque bruit des roues hurler la chanson de mon enfance : « Dormez, dormez, petits pigeons ! » Oui, je suis un pigeon, gavé, assommé, plumé, mais pas encore mort.

Colette débarquée chez moi, je fonce au cabinet de Maître Cheney. Janine Forget travaille seule dans le bureau où elle expédie les affaires courantes. Pas de bonjour, pas de préambule. Je crois que je deviens fou.

— Saviez-vous que Marie Cheney était aussi la maîtresse de Chomel ?

Janine ouvre des yeux immenses. Pliée par un spasme soudain, la secrétaire ôte ses lunettes rondes et rit. Ses yeux, son visage, tout son corps est secoué par l'extraordinaire rire qui envahit le bureau. J'ai envie de cogner.

— Arrêtez, nom de Dieu ! Arrêtez ou...

Je lève le poing. Velléité. Janine continue de plus belle. Peu à peu, son rire s'éteint.

— C'est nerveux, pardonnez-moi. Avouez aussi...

Encore une phrase inachevée dont je comprends le sens. A force d'entendre parler par ellipses, je finirai elliptique, moi aussi.

— Sacrée Marie ! Non, je ne connaissais pas cet aspect de leurs relations. Elle avait connu Chomel par Frédéric, ça je le savais.

— Quand se sont-ils rencontrés ?

— Impossible de fixer une date avec précision.

Une ride s'inscrit sur son front.

— Frédéric utilisait le service des gorilles d'Horace pour la protection de ses meetings. Marie était là. Elle aimait la politique. Chomel aussi. Je me souviens d'une réunion sur la Défense Sociale des Petits Commerçants Nécessiteux. Un truc néo-poujadiste. Le lendemain, j'ai entendu Frédéric au téléphone ironiser sur cette rencontre. Il disait : tu as fait grande impression sur Antoine Chomel. Il va falloir que je te surveille toi aussi.

— L'a-t-il fait ?

Janine me désigne l'ordinateur du cagibi et fait un geste d'impuissance.

Les larmes aux yeux, je cours au Royal-bougnat et rencontre Ophélie.

En bonne psy, elle m'écoute. Elle m'écoute si bien qu'elle se lève et me plante là. Je reste estomaqué. Qu'est-ce qui lui prend ?

Retour à la maison. J'ouvre un cruchon de prune. Colette fait du café et avale tasse sur tasse. Je me réveille le lendemain avec la plus belle gueule de bois de ma vie. Je bois trop en ce moment mais il faut bien ça pour encaisser les chocs. Marie... Que faire ? Je suppose que chaque homme, un jour, a connu la même minute de vérité. Même si c'est faux, ça console de le croire.

Colette n'est pas là. Elle aurait pu m'avertir de ses projets ; je n'aime pas ça. Plus question de faire confiance à une femme. Plus jamais... Jusqu'à la prochaine.

Transistor. Infos. Débat au Parlement, sur Fourvières. Je me fous du tunnel et de ses naufragés. J'ai d'autres chats à fouetter et n'attends de nouvelles que sur l'affaire Cagna. Bien obligé, je patiente et j'écoute.

Le PCF propose de nationaliser le tunnel.

— Non, répond le PS, créons un « Impôt-Tunnel ». Tous égaux devant les embouteillages !

— Absolument pas, dit le RPR. Interdisons la traversée de Lyon aux petites cylindrées et mettons le tunnel aux enchères pour un « M.D.C. », un « Mieux Disant Circulatoire ».

— Pas question, hurlent les féministes. Instaurons un numérus clausus pour les conducteurs masculins. Un homme sur dix femmes, voilà la solution.

— La droite-extrême exige un référendum pour changer le nom de Fourvières en tunnel Jeanne d'Arc.

— L'extrême-droite renouvelle son répertoire, et demande l'interdiction de passage pour les voitures de couleur.

— SOS-Racisme propose de consulter les immigrés sur les problèmes de la circulation dans le tiers monde.

Quant aux écolos, ils se singularisent par leur demande de peindre tous les feux rouges en vert. Nous ne sommes pas contre ce qui progresse, déclare un de leurs leaders, nous sommes seulement contre tout progrès.

Je souris malgré mes problèmes. Rien d'autre sur la planète en dehors des habituels tirs de roquettes depuis Beyrouth jusqu'au siècle prochain. Pas un mot sur Cagna.

Il est onze heures. Toujours pas de traces de Colette.

Toilette sommaire. Depuis hier, je m'enfonce dans la fange. J'ai, enfin, une idée cohérente. Je vais rendre visite à mon rival et néanmoins allié, Antoine Chomel.

*

Colette, tôt levée, récupéra sa voiture. La Peugeot, garée rue des Plantes, à l'écart de l'explosion, démarra au quart de tour.

La jeune femme remonta vers le boulevard Raspail et trouva un parking derrière le Lutétia. Au Bon Marché, tout proche, elle fit l'emplette d'une garde-robe sommaire et d'une valise. Il lui fallait remplacer d'urgence ses vêtements détruits dans l'explosion.

Sans hâte, Colette parcourait la rue, s'arrêtait devant une vitrine et cherchait, dans les reflets des glaces, la trace d'un possible suiveur. Elle dénicha une chambre dans un petit hôtel près de Vaneau.

Didier cuvait sa cuite lorsqu'elle l'avait largué. Elle eut une pensée amicale pour ce grand dadais d'acteur et son désarroi amoureux. Mais l'heure n'était pas à l'attendrissement, avec la menace du Stéphanois en liberté dans Paris.

Tenue légère. La journée s'annonçait chaude.

Equipée d'une réserve de cigarettes, Colette Chiglione s'installa dans un bistrot proche de la boutique de l'antiquaire. L'angle de vision n'était pas idéal. De son observatoire, elle ne voyait que le cadre vert du magasin de Laurence Villars. Impossible de prendre la rue en enfilade et de se préserver d'un danger venu d'ailleurs. Et le Stéphanois ne la lâcherait pas, elle n'en doutait pas.

Elle commanda son troisième café de la matinée.

*

Montreuil. Le garde de l'usine Fabrette me laisse le passage. Chomel a, sans doute, passé la consigne depuis notre accord.

Accueil. On m'annonce par téléphone.

Surprise du chef, Antoine brille par son absence et je suis reçu par mon vieil ami, Horace, affalé dans le fauteuil de son patron.

— Surpris ?

— Non, étonné. Il y a des nuances qui t'échappent, mon gros.

Il plisse les yeux. Je le laisse dans l'expectative. J'attends.

— Que veux-tu, mon petit ?

— Voir ton boss. Et garde tes familiarités pour lui, mon gros.

Visiblement, il n'aime pas ma réponse. Il répète :

— Que veux-tu ?

— Voir Chomel.

— Il voyage.

— A la montagne, sans doute ?

Mon copain, Gros-bras, se redresse dans son fauteuil.

— Comment le sais-tu ?

— Je te le dirai en temps utile. Quand rentre-t-il, M. Chomel.

Louis Horace sourit.

— T'as déjà vu un patron informer son employé, même ami, de son emploi du temps ?

— Es-tu sûr de son amitié ?

Il dresse l'oreille.

— Qu'est-ce que tu veux dire ?

— Oh, rien. Réfléchis et tu comprendras.

Le géant quitte son fauteuil, s'approche de moi et empoigne mes vêtements.

— Explique. J'aime pas les insinuations.

— Je n'insinue rien, mon gros. Tout simplement, lorsque j'aurai mis la main sur le dossier que tu cherchais l'autre jour, je n'aimerais pas être à ta place, c'est tout.

Je bluffe, évidemment. Mais je crois que semer la zizanie entraîne parfois des récoltes bizarres. De toute façon, au point où j'en suis... Et puis, il faut bien que colère se passe. Entre Chomel et moi, le contentieux s'appelle Marie.

Très lentement, j'oblige Horace à lâcher mon blouson, en lui défaisant les doigts ancrés dans le tissu.

— Téléphone à Chomel de ma part et dis-lui de rentrer. C'est urgent.

A la porte, il me rappelle :

— Hé, attends. Raconte-moi.

Une seule réponse à lui faire, le réflexe de Krymski, du nom d'un physiologiste russe du

XIXe siècle. C'est un geste que tous les médecins connaissent ; le sujet adopte la position suivante : demi-flexion de l'avant-bras sur le bras, doigts en flexion sur la face palmaire de la main. Percussion du tendon bicipital à la jonction huméro-cubito-radiale qui provoque la flexion brutale de l'avant-bras sur le bras et met en extension simultanée le majeur. En parler populaire soigné, on appelle ça un bras d'honneur. En langage non châtié cela se traduit par : Va te faire foutre !

Voiture. Direction Royal-bougnat.

*

Fernand me passe le message.

— Fonce chez Neurone. Il a du nouveau pour toi.

C'est à deux pas. Au complet, l'Etat-major m'attend. Loïck s'est joint au groupe.

Neurone m'accueille par un grand sourire :

— Prends place. A toi de jouer, Ophélie.

Impressionnante, cette nana. C'est Junon en mouvement. Une déesse pleine de charme malgré ses dimensions. Avec, en plus, un sourire à faire fondre illico tout un rayon de surgelés.

— Tu t'es demandé, sans doute, pourquoi je t'ai quitté si vite ? interroge Ophélie.

J'attends. Je ne fais que ça en ce moment.

— Tu m'as donné une idée en parlant de la petite Carole. J'ai fait le rapprochement avec ses grands-parents paternels. Je me suis dit qu'il fallait voir de ce côté malgré l'échec de Neurone et de Loïck.

— Explique.

— Je fonce chez les Cheney. Je n'ai pas fait

comme ces deux machos et ne me suis pas présentée comme agent d'assurances. Non, je me suis habillée d'une robe noire et suis arrivée en veuve éplorée.

J'ouvre de grands yeux. Loïck et Neurone sourient.

— Mais pourquoi ?

— Patience. Je savais, par Neurone, que la mère Cheney était une mégère. Mais je connais peu de femmes, mégères ou pas, qui résistent à une fille qui se présente comme une veuve d'un fils décédé.

— Une veuve ? Qu'est-ce que tu chantes ?

— Oh, pas Marie, bien sûr. Je me suis située comme la maîtresse de Frédéric. Voilà un truc qui plaît aux mères. J'arrive donc, de sombre vêtue, démaquillée, ce qui me donne un air un peu hagard. Je débite mon scénario et annonce à la brave femme qu'elle est la grand-mère d'un adorable petit garçon. D'abord méfiante, elle consent à m'écouter.

— Vous avez eu un garçon avec mon Frédéric ?

J'ai pudiquement, très pudiquement, baissé les yeux et ma jupe car le vieux lorgnait au-delà de l'horizon. Une dure, la mère Cheney, elle hésitait... Mais j'ai gagné en sortant le grand jeu, la photo de son soi-disant petit-fils. Un adorable bambin de onze ans aux yeux fondants, aux cheveux de page. La vieille dame sanglotait. J'avoue què j'avais honte mais la fin justifiait les moyens.

Ma tête explose. Je ne comprends plus rien. Encore un mot et je vais réellement croire que Cheney et elle...

Ophélie comprend ma stupeur et m'explique :

— Rassure-toi, la photo c'est celle de mon petit frère. Il vit avec mes parents près de Villefranche.

— Et qu'as-tu obtenu ?

Ophélie se lève, ouvre un placard et en tire un porte-documents qu'elle m'offre dans un geste généreux.

— Frédéric l'a planqué chez sa mère, la veille de sa mort. Sans doute la pièce manquante du puzzle, celle dont Marie t'a parlé.

— Tu l'as ouvert ?

— Non. On t'attendait. A toi l'honneur !

Mes amis font cercle autour de moi. Je tire la fermeture. Une chemise de carton surgit. Ça me paraît bien plat pour contenir un dossier. Sur la couverture, au crayon gras, s'étale le chiffre « 4 ». A l'intérieur, une simple feuille de papier avec une seule phrase : « Une fourmi de dix-huit mètres. »

Nous nous regardons, effondrés. La caverne d'Ali Baba ne recèle que du vent.

— Je connais cette phrase. C'est Carole, la fille de Cheney, qui la chantonnait chaque fois que je l'ai rencontrée, avec le côté obsessionnel des petits. C'est une chanson d'enfants.

— Non, dit Neurone, c'est un vers de Desnos : « Une fourmi de dix-huit mètres », extrait d'un recueil intitulé : *Chantefables et Chantefleurs.*

Quelque chose fait tilt dans ma tête. Bien sûr, je connais Desnos et ses poèmes mais, aujourd'hui, je me fous éperdument de la poésie ; il s'agit d'autre chose que je ne retrouve pas.

— Qu'est-ce que tu as ? me demande Ophélie.

— Attends... Une enfant chantonne. Un document, censé être important, porte le même texte, et rien d'autre. Comment expliques-tu ça ?

— Ça pourrait être un système mnémotechnique.

Un père en adoration devant sa petite fille, et nous savons que Frédéric l'était, peut très bien utiliser le vocabulaire de l'enfant pour se souvenir de quelque chose. Tous les parents le font sans même s'en rendre compte.

— D'accord, mais ce n'est pas ça qui me tracasse.

— Mais encore...

Je suis incapable de continuer. Nous sommes là, tous les quatre, tendus. Chacun sent que nous tenons un fil mais personne ne sait dans quel sens se déroule la bobine. Ça trotte dans ma tête. Je sais que je sais. C'est absurde mais ça ne vient pas.

On se donne rendez-vous au Royal-bougnat et je me retrouve seul. Je marche vers les quais.

Pont Mirabeau.

Je passe la frontière du fleuve et m'engouffre dans les rues désertes. C'est l'été. Le 16e vit au ralenti. Je marche au hasard. Je monte la colline de Chaillot et débouche sur le Trocadéro bourré de touristes. Des mouches sur un gâteau de miel ; en shorts, en jeans, en cars, ils sont partout, Allemands en tête, comme d'habitude. Une des séquelles de l'occupation. Les pères étaient là. Les fils reviennent.

— *Ach, Pariss ! Schön !*

Au loin, l'Etoile devient polaire et j'avance au radar vers l'avenue Kléber. Comme par hasard, je me retrouve dans l'immeuble de Maître Cheney. Et soudain tout explose. Le 14 juillet, en vérité ! Dans ma tête, c'est un bouquet de couleurs gueulardes. Le hasard... Tu parles. Je savais bien que je savais. Je me rue dans l'escalier, bouscule la réceptionniste toujours accorte et fonce dans le bureau de l'avocat.

Janine Forget lève la tête, furieuse.

— Vous pourriez frapper...

Sans un mot, je file dans le cagibi et balaie des deux mains les bouquins de Cheney. Tout s'écroule. Janine Forget me regarde, horrifiée.

— Au fou ! Qu'est-ce que vous cherchez ?

A quatre pattes, j'élimine les livres un à un. Enfin, je le tiens. Le recueil de Desnos.

*

Midi. Marianne Vasseur s'arrêta devant la boutique et ouvrit le rideau avec une clé tirée de sa poche.

Colette traversa la rue. Dans son sac entrebâillé, ses doigts serraient la crosse du pistolet de Pietro.

L'ouverture de la porte déclencha un jingle de trois notes. Marianne parut. Pas un mouvement de son visage ne montra qu'elle reconnaissait sa visiteuse.

— Que puis-je faire pour vous ?

— Je vais vous le dire, soyez sans crainte.

Le pistolet jaillit du sac et resta pointé pendant cinq secondes sur le sein gauche de Marianne.

— Vous allez venir avec moi. Si vous faites un geste de travers, je vous abats.

Du menton, Colette indiqua son sac ouvert.

— Je peux tirer à travers le cuir sans problème. Ce calibre là traverse une planche. Vous marcherez à ma droite.

L'antiquaire avança vers la porte.

— Oh, pas si vite. Nous allons d'abord explorer la maison.

Un appartement de petite taille occupait le premier étage et communiquait avec l'arrière-boutique par un escalier intérieur.

Sur ordre, Marianne ouvrit les placards, vida les tiroirs, et Colette fut surprise du désert. Seuls restaient suspendus à leurs cintres quelques vêtements.

— Où est Laurence ?

— En vacances.

— Elle a tout emporté en vacances ? Où est-elle ?

L'autre resta silencieuse. Colette sourit. Et pour la première fois, Marianne éprouva un pincement qui ressemblait à de la peur.

— Sois tranquille, Marianne, tu me le diras. Tu me raconteras tout. C'est ton copain, le Stéphanois, qui m'a enseigné la méthode. Allez, on y va.

Les deux femmes avançaient d'un pas de promenade. Deux vieilles amies lancées dans un papotage sans conséquence.

— Tu conduiras. Rappelle-toi, pas de gestes brusques.

— Où va-t-on ?

— Chez toi, à Saint-Ouen. Roule, et pas d'excès de vitesse.

*

Dans le stand, sur un ordre de Colette, l'antiquaire se déshabilla. Dans la pénombre, elle se dépouilla de son corsage et de sa jupe. Malgré la chaleur, elle portait des bas et un porte-jarretelles.

— Enlève ça. Tes bas aussi.

Pieds nus, en slip et soutien-gorge, elle paraissait plus menue, presque fragile.

— Téléphone au Stéphanois.

L'autre, candide, interrogeait.

— Qui est-ce ?

La crosse du pistolet de Colette s'abattit au centre d'une grande glace cerclée de bois doré. Elle s'empara d'une flèche de verre et marcha sur Marianne. La pointe du miroir brisé se posa sur la bretelle du soutien-gorge, et trancha net dans le tissu. Les seins parurent. Bronzés, fermes, appétissants.

— Téléphone au Stéphanois. Donne-lui rendez-vous ici dans une heure. Raconte-lui que tu sais où se cache le magot de Pietro.

Marianne passa sa langue sur ses lèvres devenues sèches.

Elle saisit le téléphone.

*

Je feuillette les pages à toute vitesse. Janine me regarde, intriguée. Voilà, *Chantefables et Chantefleurs*. Je me tourne vers la secrétaire de Cheney.

— Venez.

L'ordinateur de l'avocat me dévisage de son écran noir.

— M'expliquerez-vous ?

— Oui. Installez-vous là.

Je lui désigne la machine.

— Mettez en route.

Ses yeux brillent. Elle commence à comprendre.

L'engin branché, Janine attend.

— Allez-y. Code d'entrée : Une fourmi de dix-huit mètres avec un chapeau sur la tête, ça n'existe pas, ça n'existe pas.

Fiasco ! Non seulement ça n'existe pas mais, de surcroît, ça ne marche pas. Rien ne vient. J'explique à Janine ce que je cherche et pourquoi. Nouvelle tentative, nouvel échec.

— Le dossier portait le chiffre « 4 », m'avez-vous dit ?

— Oui, rien d'autre que le début du poème et le chiffre « 4 ».

— Faites voir votre bouquin.

Je lui tends le recueil ouvert à la page de « La Fourmi ». Du doigt, Janine compte.

— Essayons le quatrième vers.

Ses mains courent sur le clavier : « Une fourmi traînant un char... » Je pousse un cri. Ça marche ! A toute vitesse, les caractères s'alignent sur le rouleau de papier. Stop ! C'est fini. Toute l'affaire Fabrette s'étale sur les feuillets. Avec une belle surprise. A la fin du dossier, comme un post-scriptum ironique et redoutable, une biographie de Laurence Villars raconte la vie de cette dame. Oui, il avait une âme d'enquêteur, Frédéric l'avocat. Il est écrit : Cherche et tu trouveras ! Pas de doute, il a cherché, Maître Cheney, fouiné, fouillé, râclé, les lits, les tinettes ; il a sondé les cœurs, gratté dans les égouts, et il a trouvé... la mort ! Je crois que j'ai tout compris. Reste à vérifier mon hypothèse.

Janine détache le texte.

— Vite, faites des photocopies.

— Mais nous avons la disquette...

— Faites ce que je vous dis, je vous en prie, vite.

Dans la pièce à côté, la photocopieuse fait son office. J'attrape les feuillets et les glisse au milieu des annuaires téléphoniques alignés dans un coin. Je garde seulement un exemplaire bien visible sur le bureau. Janine m'observe. Je m'approche d'elle et l'embrasse sur la bouche.

Elle paraît surprise mais ne semble pas dégoûtée.

— Ça vous prend souvent ?

— Non, seulement les jours de victoire. Ça fait baisser la tension.

Il faut croire que Janine et moi étions hypertendus ce jour-là. Sans savoir comment, elle s'est retrouvée allongée sur le bureau de Cheney. Nous avons fait l'amour. Bien. Etait-ce la proximité de la photocopieuse ? Quoi qu'il en soit, nous avons recommencé. C'est vrai que ça détend.

Janine m'a offert un verre. Cheney possédait un petit frigo camouflé dans un meuble. Je réfléchis, et j'empoigne le téléphone.

— Allô, Louis Horace ?

*

Je relis le dossier de Cheney. Il va aimer ça, mon ami Dubois. Mais le moment n'est pas venu de lui vendre ma salade.

Tout marche selon mes prévisions. Je ne me suis trompé que sur un point. J'ai pensé que Joseph et Horace mettraient une heure pour venir de Montreuil. Il ne leur a fallu que quarante minutes.

Les gros bras déboulent dans le bureau. Horace tient une pétoire à tuer un rhinocéros dans une chasse présidentielle à Rambouillet. Erreur, il n'y a pas de rhinocéros en politique, seulement des dinosaures. Efficace, Horace, c'est bref et net.

— Le dossier ?

— Voilà.

Janine pousse vers lui une chemise cartonnée remplie des feuillets que j'ai conservés sur le bureau.

— Comment avez-vous fait ?

— Tout était en vrac, mélangé à des factures. Chomel est rentré ?

— Oui, il t'attendra ce soir à Milly, avec Marie et sa mère.

— Parfait, à lui de jouer.

Horace interroge du regard mais c'est Joseph qui pose la question.

— Qu'est-ce que ça veut dire ?

J'allume une mèche. C'est moi qui mène le jeu maintenant.

— Nous avons un accord, Chomel et moi. Je devais lui trouver le dossier. En échange, il doit me donner l'assassin de Frédéric Cheney.

Je montre la chemise cartonnée et j'ajoute :

— Lisez donc, c'est passionnant.

Les deux gros bras se regardent.

— Nous verrons avec Antoine, fait Horace. Autre chose, donnez-moi les disquettes des ordinateurs.

— Non, dit Janine. Comment vais-je faire pour liquider mes dossiers ? Le cabinet aura un successeur et je dois régler les affaires en cours.

Pauvre Janine. Elle n'a pas vu arriver la gifle.

— Les disquettes...

La secrétaire se frotte la joue.

— Voilà et foutez le camp ou j'appelle la police.

Joseph se tord de rire.

— Ici, la police c'est nous. Ciao !

*

Je barricade la porte du bureau avec un meuble. Aidé de Janine, je reprends le dossier planqué dans les annuaires. Je cache deux exemplaires dans le bureau. Janine et moi en emporterons un chacun. Ultime précaution, je mets sous enveloppe une liasse de feuillets pour Loïck et une autre pour Neurone.

Et j'allume ma seconde mèche. Je demande à Janine de porter une enveloppe aux délégués syndicaux de l'usine. Les yeux rient derrière les lunettes. Je lui promets la fin de l'histoire pour demain.

Je remonte au bureau de poste de la rue de Longchamp et expédie mon courrier. Janine file vers le métro.

Tout se bouscule dans ma tête. Je connais une partie de l'affaire mais il me manque la fin. Je veux le meurtrier de Frédéric. Il me doit des comptes pour Marie aussi. Mais elle c'est moins urgent maintenant. Par contre, je ne serais quitte que lorsque je saurai qui a tué Cagna.

J'ai envie de marcher. Je reprends le chemin des quais et traverse le fleuve à Bir-Hakeim. La Seine coule grise. Mes pensées aussi. Une mélodie revient, une chanson que Cagna fredonnait :

Dans les bouges la nuit,
Montparnasse à Grenelle,
Le destin nous conduit
Vers des amours fidèles.

Fidèle... Marie... J'ai envie de pleurer.

*

On frappait sur le rideau de fer.

Colette ouvrit une petite porte taillée dans la masse de métal et s'effaça.

L'échine pliée pour éviter de heurter le rideau de la tête, le Stéphanois entra dans le stand. Il n'eut pas le temps de se redresser. Une statuette de bronze s'abattit sur sa nuque.

Lorsqu'il reprit connaissance, il était allongé sur le sol. Entièrement nu, il sentait le froid du ciment sur son dos. Ecartelé, les bras et les jambes en extension, les poignets liés à un bahut breton et les chevilles fixées à deux bibliothèques anglaises, il ne pouvait plus esquisser un mouvement.

A un mètre, debout près de lui, il reconnut Colette. Elle tenait une flèche de verre à la main. Son bras se tendit, la pointe brillante se posa sur le ventre du Stéphanois.

— Tu vas tout me raconter, mon grand, tout. Il paraît, selon les gestapistes, que l'on parle mieux et plus vite lorsqu'on est nu.

La main de Colette bougea. Une longue balafre rouge s'étala sur le ventre de l'homme attaché.

— Un seul mensonge, mon grand, un seul et je te coupe... Devine quoi ?

La flèche de verre passa devant les yeux du Stéphanois, longea la balafre qui montait vers la tempe droite.

— Tu n'oseras jamais, dit le tueur.

D'un seul mouvement de poignet, elle lui trancha l'oreille.

CHAPITRE XIV

Colette m'attend devant le cruchon de prune. Son regard a changé, à la fois atone et brillant.

A voix basse, elle me raconte les aveux du Stéphanois et ceux de Marianne. Je reste abasourdi. Pas un instant je n'ai imaginé, jusque-là, la puissance d'un simple morceau de verre.

A son tour, elle interroge et je lui fais part de la découverte des dossiers de Fabrette et de Laurence.

— Je crois que nous avons presque toute l'histoire maintenant. Que proposes-tu pour tes prisonniers ?

— Marianne et le Stéphanois resteront ficelés et bâillonnés à Saint-Ouen. Ils ne s'envoleront pas. J'ai posé une affichette sur la porte : « Fermeture annuelle pour congés payés. » Il nous faut seulement quelques heures d'avance avant de les remetre à la police.

Antoine et ses acolytes nous attendent à Milly. On emmènera donc l'équipe du Royal-bougnat. Le temps de réunir les copains et ce sera, enfin, l'hallali. Du moins je l'espère.

Colette s'empare du téléphone et compose un numéro.

— Joss Langlois ? Colette Chiglione à l'appareil. Est-ce que notre accord tient toujours ? Parfait. Je sais où sont vos bibelots. Je vous verrai demain.

Téléphone racrroché, elle répond à mon interrogation.

— Ma pension de veuve.

Le cruchon de prune se vide. Colette passe ses doigts dans mes cheveux. Les boutons de ma chemisette sautent un à un. Je n'ai jamais senti des mains aussi chaudes sur ma peau. Ça crépite. Temps d'orage.

Malgré mes exploits avec Janine, j'ai rempli mon contrat.

*

La minute de vérité. Les copains m'attendent au Royal-bougnat. J'embarque Colette et Loïck. Neurone et Ophélie prennent leur 205. Le prof de lettres me montre, dans une poche intérieure de son blouson, une batte de base-ball raccourcie. Une arme impressionnante dans la main de l'ancien scout. Ai-je précisé qu'on l'appelle parfois Chamois futé ? Il prétend qu'il ne se sert de sa batte que pour enseigner la poésie à ses cancres.

Milly.

Colette déniche une cabine téléphonique.

— Je vais demander à Mgr. Dubois de s'occuper de mes amis d' « Arts et Bibelots ». Un appel anonyme, bien entendu.

*

La porte s'ouvre au premier coup de sonnette.

Laurence paraît surprise de me voir accompagné. Marie s'affaire autour d'un plateau garni de verres et de bouteilles. Sensation d'irréalité. Je viens pour une mise à mort et me retrouve dans une soirée mondaine.

Toujours très mannequin de luxe, Laurence nous désigne des sièges mais chacun reste debout. La main de Neurone traîne dans son blouson. Le sac de Colette reste entrouvert. Quant à moi, je sens la crosse du Colt frotter contre ma hanche.

Marie, adossée à la cheminée, regarde la pointe de ses souliers.

C'est Laurence qui ouvre les hostilités.

— Inutile de tourner autour du pot. Didier Valois, vous avez trouvé le dossier de mon gendre, chapeau ! Je vous croyais plus bête.

Coup d'œil à la Piaget cerclée de brillants qu'elle porte au poignet gauche.

— Chomel est en retard, mais il entérinera ce que je vais vous proposer. Marie, Antoine et moi nous quittons la France. Match nul, on tourne la page et chacun repart à zéro.

Je me demande si je rêve.

— En échange de quoi ? Et les quatre morts, vous les mettez où ? A la Caisse des Dépôts, peut-être ?

— On les passe aux profits et pertes. En échange de quoi, dites-vous ? Simple. Antoine s'est arrangé, Horace et Joseph porteront le chapeau. Ça ne fera que deux affreux retirés de la circulation. Les flics jubileront, les médias pavoiseront. Que voulez-vous de plus ?

Rien. Comprendre.

J'avance vers la cheminée. J'empoigne Marie par le bras et l'attire vers la table garnie de cristal. Je l'oblige à lever la tête et à me regarder en face. J'espère enfin des regrets. Espérer, disait ma mère, on peut toujours ! Et je reçois une volée d'injures à faire rougir tous les bordels de Bangkok.

Ophélie calme le jeu et intervient, face à Laurence.

— Allez, Laurence, fini de jouer. Racontez.

La belle antiquaire se désagrège à vue d'œil. Le visage affiche son âge et les rides percent à travers le maquillage.

— Que voulez-vous ?

— Toute l'histoire. Toute !

Nouveau coup d'œil à sa montre. Il est 8 h 20 et elle s'inquiète de l'absence d'Antoine.

Si mon plan a fonctionné, mes bombes ont explosé à cette heure.

Laurence vide son verre, et s'adresse à moi.

— J'ai perdu, je paierai, mais laissez Marie hors du jeu.

— Proverbe du Quercy : « Cul vu n'est jamais perdu. » Montrez d'abord, je veux savoir ce que j'achète.

Loïck éclate de rire.

— Excuse-moi, c'est nerveux.

Laurence paraît décontenancée. Marie serre les dents. Je la connaissais amoureuse, tendre, se laissant modeler corps et âme. La voilà métamorphosée en peau de vache, digne fille de sa digne maman.

Et Laurence parle… Et je découvre le roi des cons, Sa Majesté Didier Ier, en personne.

— Cheney fait son propre malheur lorsqu'il présente Marie à Antoine, et, très vite, devient l'empêcheur de s'aimer en rond. Là-dessus, éclate une querelle d'intérêts entre JAF et Antoine. Pouvoir + Rivalité + Argent = Mort. Une équation vieille comme le monde. Ça s'enseigne dans toute école de police digne de ce nom. Antoine propose à JAF de racheter ses parts. L'autre refuse, et Chomel demande à Horace d'empoisonner la vie de son partenaire. Pour commencer, les deux affreux sabotent un pont dont JAF est le maître d'œuvre. Résultat ? Trois morts.

J'interviens et rectifie.

— Douze morts... Pas trois.

— D'accord, mais les neuf autres ce n'était que des nègres.

La main de Neurone glisse vers la poche de son blouson. Mes doigts se posent sur la manche du prof.

Laurence reprend.

— JAF, pas né de la dernière pluie, charge Cheney de faire une enquête. Et, très vite, Frédéric découvre la vérité. Il ouvre les enchères. Ça risque d'être cher, très cher, pour Antoine. Réaction immédiate de Chomel, en finir avec JAF.

J'interromps sa confession. J'ai lu le dossier.

— Qui a tué Fabrette ?

— Horace. Antoine pensait que personne ne pleurerait son associé. Il avait compté sans Frédéric. Superstitieux l'avocat tenait à Fabrette. Il prétendait qu'il lui devait sa chance. Cheney file chez Chomel et lui met le marché en main. Il enterre l'affaire Fabrette à condition que l'autre renonce à Marie. Chomel, pris à la gorge, accepte.

Laurence allume une de ses infâmes cigarettes à bout doré.

— Ma fille n'est qu'une idiote. Aucune femme, fut-elle folle d'amour, ne doit accepter de dépendre d'un mâle.

Marie lève la tête, regarde sa mère et murmure.

— Décidément, tu ne comprendras jamais rien.

L'autre continue.

— Lorsque Didier et Marie se sont rencontrés de nouveau, j'y ai vu un signe du ciel et j'ai suggéré à Marie de détourner les soupçons de Frédéric en ayant une histoire avec Didier. Tout marcha à merveille pendant un temps. Marie offrit le divorce à Frédéric. Prétexte ? Epouser Didier, le mannequin de service.

Mes poings se ferment.

— Mais Frédé refusa. Il voulait une famille pour Carole, même si ce n'était qu'une famille de façade. Il signa ainsi son arrêt de mort. Restait à dénicher le tueur. Et là, pas question d'utiliser les gros bras. Il fallait quelqu'un qui n'ait pas de relations avec le groupe Chomel.

A son tour, Colette intervient.

— Et vous avez trouvé le roi des ringards, Pietro, mon mari.

— Oui, mais ce n'était pas un ringard, seulement un flambeur. Je tenais Pietro pour un homme de goût. C'est uniquement la crainte du Stéphanois, son équipier, qui en a fait un tueur. Il avait d'abord refusé mon offre d'abattre Cheney. Il disposait d'une grosse somme car j'avais payé, rubis sur l'ongle, les statues de Wallis Brenton ; bien entendu, la part du Stéphanois était comprise dans la somme versée.

Pietro n'a accepté de tuer qu'après s'être fait dépouiller à la roulette.

Pas un muscle du visage de Colette ne bouge. Moi je repense à ce qu'elle m'a raconté sur ce qu'on pouvait faire avec un pic de verre.

— C'est alors que Didier se mêle de ce qui ne le regarde pas. Il me gêne, et pour le calmer, je lui envoie un homme, un vrai.

— Le Stéphanois ? demande Colette.

— Vous le connaissez ?

Colette se tait, toujours impassible. Laurence reprend.

— L'idiot se trompe et corrige monsieur...

La cigarette enflammée désigne Loïck.

— Tout est donc pour le mieux dans le meilleur des mondes. Cheney est mort et les deux nigauds, Antoine et Marie, vont s'aimer jusqu'à la nuit des temps... ou jusqu'à la fin du mois. Avec l'amour, allez savoir ! Mais voilà... Pietro joue de nouveau, perd le prix payé pour l'élimination de mon gendre et commet l'erreur de sa vie : me faire chanter.

Bras croisés, tête dressée, elle s'est transformée en hidalgo femelle. Il ne lui manque qu'une Rossinante et une épée. Bonne comédienne aussi, assez parano pour jouer Antigone. Belle tirade, elle continue.

— J'ai donc lancé le Stéphanois dans la bagarre. Je connaissais son litige avec Pietro, sa part dilapidée au casino, et je savais qu'il ne le raterait pas.

— Pourquoi les gros bras espéraient-ils trouver le dossier chez moi, ai-je demandé.

— Chomel se méfiait de tout le monde et Marie jouait peut-être double jeu. Il ne prenait jamais de risques, le brillant diplômé. Rien ne l'empêchait d'être amoureux et lucide.

Je me suis demandé si ça aussi on l'enseignait dans les grandes écoles.

— Qui a tué Cagna ?

— Horace. Ordre d'Antoine, pas de traces. Le vieux n'aurait jamais dû parler de la voiture.

— Pourquoi Charlotte Corday ?

Le rire de Laurence fait sursauter le groupe.

— Rien à voir avec l'affaire. Je ne suis qu'une antiquaire de façade. Lorsqu'on me téléphonait pour fourguer une camelote volée, je préférais que l'on utilisât le numéro de ma voisine. Les tables d'écoute existent et les flics n'ont pas de sens moral.

Je ne peux m'empêcher d'admirer le sien.

Elle reprend.

— Alors ce marché... Horace et Joseph en échange de notre liberté.

Je ne peux plus supporter sa morgue.

— Pas question. Vous oubliez quelque chose Laurence Villars. La manie de votre gendre de faire des dossiers. Et je suis sûr que vous ne l'ignorez pas, il en avait constitué un sur vous, sans doute la véritable cause de son exécution. Et là, ça vous concerne, Laurence, et vous seule.

Son visage se décompose.

— Vous l'avez aussi ? Personne ne connaissait son existence.

— Eh, oui, je l'ai. La vie en long, en large, en truanderie et en call-girl de Véronique Favier devenue, bourgeoisement, par le mariage, Laurence Villars. Et là il vous tenait, Frédéric, totalement. Si Marie divorçait, Maître Cheney sortait le dossier, casier judiciaire inclus, et quel casier ! Un tremblement de terre... Force 9 à l'échelle de Richter ! Vous étiez détruite sur-le-champ si Frédéric l'avait désiré. Entre la mort physique de Cheney et votre mort sociale, vous n'avez, bien entendu, pas hésité une seconde. C'est vous qui avez commandité la mort de Frédéric Cheney.

J'évite ses griffes de justesse.

— Allez, Laurence, rien ne va plus. Le jeu est fini. Vous terminerez votre vie entre quatre murs.

— Vous croyez ça ?

Personne n'a eu le temps d'esquisser un geste. Une arme a jailli de son corsage et s'est encastrée entre ses lèvres.

La tête a explosé.

*

Rendez-vous général dans le bureau de Dubois.

Mes bombes ont fonctionné. L'usine est en grève. Une grève dure où, cette fois, ce sont les femmes des grévistes qui assurent les piquets.

Pour Chomel, les choses s'arrangent. Il survivra au traitement prescrit par Horace mais restera tétraplégique. Marie pourra s'occuper de lui lorsqu'elle sortira de centrale, dans 10 ou 15 ans. C'était ma deuxième bombe. Lorsque Horace a pris connaissance du dossier que je lui ai remis, il s'est pointé dans le bureau d'Antoine. Sans un mot, selon la secrétaire témoin, il s'est emparé de Chomel et l'a balancé par la fenêtre. Horace et Joseph sont en fuite.

— On ne tardera pas à les avoir, pense Dubois.

Nous les flics on n'est pas des génies mais on ne confond pas patience et longueur de temps.

Je n'en suis pas si sûr. Ils trouveront du travail. Tant de gens ont besoin de gardes du corps, surtout ceux qui n'ont pas d'analystes. Ça fait du monde, non ?

Dubois interroge :

— J'aimerais quand même savoir qui m'a prévenu de la présence à Saint-Ouen de Marianne Vasseur et de Paul Bonal.

Ses yeux se posent sur chacun des présents. Personne ne bronche.

— Etonnant ! Marianne est dans un hôpital psy pour un bon moment tandis que Paulo le Stéphanois, le dur des durs, ne cesse de pleurnicher et de répéter : « Non, ne fais pas ça ! Non, ne touche pas à ça... » Je crois qu'il fait référence au magot que Pietro a dilapidé. J'ai trente ans de police et je n'ai encore jamais vu quelqu'un arrangé comme ça. Etonnant, vraiment.

Les yeux baissés, Colette se signe.

*

Royal-bougnat.

Une grande table avec toute l'équipe. Coma et Janine sont aussi de la fête ainsi que le Renégat et Jean-François. On laisse une chaise vide : celle qu'aurait occupée Cagna. Cécile verse une larme. Fernand verse à boire.

Repas maison. Daube provençale arrosée de Gigondas. Cré Dieu ! Ça console de bien des choses. Le moral remonte. J'essaie de chasser Marie de mes pensées.

Colette annonce son départ pour Honfleur. L'assurance a payé la prime promise. Surprise! J'apprends que les statues volées se trouvaient dans la propriété de Léa, la rousse de feu. Plus rien ne m'étonne, même pas Loïck lorsqu'il m'annonce que sa femme et lui se séparent.

— Tu comprends, je ne supporte plus l'architecture. Basta! Un studio s'est libéré sur mon palier. J'y habiterai lorsque Margot fera ses travaux pratiques.

Fernand entonne sa chanson préférée et toute la table reprend en chœur :

Quand j'vois des filles de dix-sept ans,
Ça m'fait penser, qu'ya ben longtemps,
Moi aussi, j' l'ai été d'moiselle,
A Grenelle,
A Gre-nai-ai-leu!

Mélancolie. Loïck me verse à boire.

Bruit de fonds. Le transistor, les infos. L'état de siège est levé à Lyon. Fourvières est rouvert à la circulation.

Neurone porte un toast à Cagna. Tout le monde se lève pour trinquer. On va encore se coucher tôt... demain.

*

Demain... La voiture attend, moteur en marche.

Je serre Colette dans mes bras et lui souhaite

bonne route. Son visage paraît paisible dans le petit matin.

— Viens me rejoindre quand tu voudras, me dit-elle, je t'attendrai.

— Je viendrai, promis.

Je n'ai pas dit quand. Je repense à la lame de verre. Brr... J'ai froid.

Colette démarre.

Surimpression, fondu enchaîné, le bureau de Janine Forget et le bruit soyeux de la photocopieuse. J'aime bien. Je pars en direction du quai vers le fleuve paisible.

DU MÊME AUTEUR

Aux Éditions Gallimard

Dans la collection Série Noire

BABEL-VILLE, *n° 1745*

LE SALON DU PRÊT-À-SAIGNER, *n° 1749*
(Grand Prix de littérature policière 1979)

RUE DU CHAT CREVÉ, *n° 1903*

LE MANTEAU DE SAINT-MARTIN, *n° 1994*

UN VIOLON POUR MOZART, *n° 2184*

LA NUIT DU SOUVENIR, *n° 2215*

En collaboration avec Claude Courchay

L'ANNONCE FAITE À MATCHO, *n° 1847*

MATCHO ET LES FOURMIS BLANCHES, *n° 1879*

Aux Éditions Denoël

SIGMUND FRED NE RÉPOND PLUS

Aux Éditions Pierre Belfond

ÉLISABETH OU LE VENT DU SUD

JUDITH (LE VENT DU SUD)
(Prix de l'Association des Écrivains de Langue Française A.D.E.L.F., 1988)

Impression Bussière à Saint-Amand (Cher),
le 7 août 1990.
Dépôt légal : août 1990.
Numéro d'imprimeur : 1530.
ISBN 2-07-049239-7./Imprimé en France.

49756